夜のいお

及川伸太郎
OIKAWA Shintaro

文芸社

目次

夜のいお

水の流れない河辺にて、およそ分限もわきまえずに私達に起こった事柄を文章に表す心の内をどうかお汲み取り下さい。

私は二年前に父の住まいから近いこの町へ引き移って来ました。

駅前は昔街道の宿場であった名残りで夜は盛り場になっても生活の匂いがするのは、嫌いではありませんでした。

ただ人を煩く感じ、心持ち町を避けて、駅を出て線路に併走する国道を縦断し川に行き当たる、歩いて十分程の橋の袂にあった部屋を間借りしたのでした。

川縁《かわべり》にある部屋を間借りしたことは、私の足を余計に喧騒から遠ざけさせていました。この地での「きか子さん」との出会いの機縁となったのは、「あんご」との馴れ初めに端《たん》を発します。

それは猫と人ということを差し置いて二人の気性に通有してある自由闊達さに加え、屋根の上と階段といった抽象的な位置関係も手伝ってか、他人であるというのは両者の関係にそれほど介してはいないかの風でありました。アパートの二階への引越しも片づいてくると、独り者の私は真鍮《しんちゅう》の外階段を下りていく際にちょうど視線の交わる、隣の屋根の軒に寝そべる猫との挨拶を日増しに楽しみに思い始めてきていたのです。

胸にある気塞ぎとなる境遇の欺かざる因果とでもいうものが、私を迷わせ引き寄せていたのかもしれません。

気づけば世間では些細な関わりも遠慮するはずの身空の私が、何の気後れも感じずに睦まやかな付き合いを始めていました。

自分の内の甘えとさほど変わらない猫との付き合いを無心の内に続けていたのです。


二年前の初夏のことでした。

あんごは当初眸子《ぼうし》に怖じ気を宿していましたが、慣れてくると私の下りてくる階段の途中の直ぐ真横に接した窓に付いた廂《ひさし》の際で、背を丸めて気持ち良さそうに体を日にあてて虫干しする姿が増えていきました。

そうして日を重ねるうち、私の朝出て行こうとする扉へ瞳を向けて待っているようになったのです。

子猫と変わらない小柄な体つきのあんごはそのうち茶目気も覗かせ、アパートの階段に面した外塀へ架けられた「いお」とを接ぐ物干しに使われる材木の上で私を認めると爪とぎの格好を見せるまでになりました。

その威厳に満ちた誇らし気な所作を褒めてやると、気に召したのか得意な様子で物干しにつながる軒下の鉢植えの並ぶ茶棚の上へ下りて、誘いでもするかに威嚇の格好を取り、私を曲《きょく》るのでした。

これが人嫌いな猫との不思議な馴れ初めと言えました。

気が置けない付き合いが続いていたある一日のことでした。

私は階段に出ると朝夕に行うと同じあんごとの挨拶を交わそうとしました。

二言、三言声をかけて所々朽ちかけている階段を下りていく最中、私のアパートよりも二昔は劫《こう》を経た古びたいおより低い笑声《しょうせい》が響いてきて私の耳に触れました。

向後に聞き馴染んでいくことになった寂《さび》のあるきか子さんの単調子な笑声でした。

階段を四、五歩下りた所で棒立ちとなった私は、つかえながらきれぎれに届く声を随分長く感じるほど聞いていました。

まともであれば気づきはしなかったか他人を寄せつけない私が、人の暮らしに知らず入り込んでしまっていたことに引け目を覚え、自身の分別を逸した思い込みの強さには我ながら深い悔恨を感じずにはいられない有様でした。

私は身を竦《すく》ませ、突如現れた暗雲に心を塞がれていきました。

猫との安気な戯れ合いとはいえ、隣り合った立地を頭に入れれば無神経で通せるものかどうか気づけないわけではなかったでしょうに……。

私はその時節、介護職に就いていたのです。知り合った頃は近隣の市のとあるグループホームで、きか子さんと変わらずの老輩と生活の一部を供にしていました。

それからというもの草生《む》したいおにどんな方が住んでいるのかが私の関心となっていったのです。

小体《こてい》であっても平穏で恙無《つつがな》い暮らし向きを、あんごが私に諭《さと》すかのようでした。

それよりそう遠くない日、私は通りに出た折りにふと、いおの中を垣覗《かきのぞ》きした際、少し開いた戸口の隙より仏壇の下に見上げるかに座っているきか子さんの姿容を、止まったかの時の中で初めて目にしました。

日々につれてあんごは夕刻にいおの門口の辺りで私の帰りを待つようになりました。それを私が見つけ離《はや》せば、素っ気ない態度でそっぽを向き、遠まきに私の後ろにまわり間を詰めると足元をぐるりとして風入れのため開いた戸の端《はし》より薄暗いいおの中へと入って行きました。

さり気なくも気品を備えた自慢気な足取りであり、さながら興味で入ったねずみの屋敷で思わぬ歓待を受けるあの昔話のようにどこか寓話《ぐうわ》的でした。

これらのことがきっかけとなって私は、二人のささやかな暮らしに馴染んでいくことになったのでした。

人の人生へと光を当てるのが職掌であった私に、この出会いがどんな憧憬を授けていたかをお分かりいただけますでしょうか。

きか子さんが逝去《せいきょ》されて以来、あんごはそれっきり私を誘おうとはしません。

私が初めてきか子さん宅へと訪問させてもらいましたのは旱暑《かんしょ》の最中、日中は三十五度に達するのがざらになっていた年のことです。

これまでも日差しはじりじり迫るかに容赦なく照りつけ、暑熱の延延と停滞しかねない杞憂を供《きょう》されていた季夏でした。

何の消夏対策のないきか子さんには過酷を極めるかに思え、ただ身を案じているだけだったのです。

危殆《きたい》を孕む煩悶の頻《しき》りであった私は、平素からは考え難《がた》い行動を起こしていました。

過日の小雨の上がった朝方、予《かね》てからそうするように私はあんごと挨拶を交わすと、まだ霧の煙る河辺に沿い、真っ直ぐ親の住居へと向かい歩き出していました。

家へ着くと父に久闊《きゅうかつ》を叙《じょ》すのも束の間、つかつかと上がり込み居間の角《かど》へと進み、使用の済んだ一台の扇風機の取っ手を掴みました。

無用の長物とでも言うかに塵の積もっているそれを裸のままに手にぶら下げると、今来た道をとって返したのです。

ついこの間の話、同じ道で自転車に乗って買い物から帰る途中、前から自転車で二列に並び話《はな》し話《ばな》しやって来た婦人らが居ました。

何か驚きでもしたかに二人組は突然止まり、同じく自転車で後ろを走っていた若い女性があわててそれをかわそうとし追い抜いたせいで私の目の前へと躍り出ました。

私はそれを避けるべくバランスを崩し空いていた二人の前へと倒れ込みました。

咄嗟《とっさ》に二人を見上げた時に出くわした狡辛《こすから》い嫌な目つきを思い出しましたが、私の心境にはもう一点の曇りもありませんでした。視線は川向こうの少し高見となった新緑へ向けていました。

そこはここから遠く、靄《もや》がかかり勾配が隠れているせいか、緑の遠近感がぼやけ、その一帯だけ小高く盛り上がって見えていました。あの辺りへ行くと昔ながらの家を大樹のけやきが取り巻いて、その周りには畑も見て取れました。

私にも同じような故郷があります。

利己的な考えから理想ばかりを追って東京でぐずぐずしているうち、面倒を避けでもするかに父と二人でこの地へ隠棲してしまっていました。

家近まで来てアパートが見えると、まだ尻の据わりの悪い部屋によく知らない人へと譲り渡す物が置かれることを思い、自分の僭越《せんえつ》な行いに対して世の中の峻厳《しゅんげん》な見方が穿《うが》って見えて少しく不穏も感じ始めました。

ここまでは先の通り、私の仕事であった光と形容しました希望への情念が勝っていたと披瀝《ひれき》いたします。

そうして幾日かが過ぎた過般の黄昏時、私は足元に纏《まと》いつくかのあんごに励まされつつ、庭木が形作った仙窟《せんくつ》の入り口に思える門をくぐり、いおの戸を叩いたのでした。

私はきか子さんが驚き飛びしさることがないように戸口に立ったまま声をかけました。

「ご飯時にすみません。私は隣に住んでいるものでして高橋と言います。突然で恐縮ですが、屋根の上に寝る猫」

と言って天井を指し、

「この子と毎日挨拶をするうち友達になりまして、今も誘われるようにお邪魔したわけなのですが……」

悠然と体を起こしながら首を傾げてこちらを見たきか子さんと私は、胡乱《うろん》な面持ちのまま初めて見交わしました。

「実は前から話したいと思っていたこともございまして。少し入れていただいてもよろしいでしょうか」

きか子さんはこっくり頷き、私は落ち着くと、戸口の隙から片手にぶら下げた扇風機をぶつけずに入れる方法を閲《けみ》していました。

「あなた初めてここへ来た方ですわね。へぇーあんごが。あの娘は主治医の先生にしかなつきません。奇《おか》しな方にも思えますの。一体何の用があってこんな所へおいでなさったの」

私は何も言うことが浮かばず、いきなり本題に入ろうと口を開きかけると、きか子さんは相好を崩し口元を緩ませて、

「私は人は随分見ました。あなた悪い人には見えませんのよ。これでも縁と呼べるかしら。私今可笑《おか》しくって。アーハッハッハッハッハッ、アーハッハッハッハッハッ」

頃日《けいじつ》は幾日も日照りが続き、痩せ川が干上がり河床が見え始めていました。最早、営巣の行われない細流となって、ただ枯れるまで流れて行くさまには目を奪われたものの、私の心にはそれ以外これといって何も残さずに居ました。

ある漫然とした休日の午後、青天の霹靂であった地響きするかの雷鳴に驚かされ、私は額に浮いている汗の冷たさに気づいたのです。

すると大粒の雨がアパートのトタンの屋根に落ちる音が聞こえ始めて、驟雨《しゅうう》がやって来ました。

私は小気味よさに最初目を塞いでいましたが、思いついたように立ち上がると風呂場の窓に川を背にしたいおを見に行きました。

窓を開けると屋根を打った雨粒が熱で弾かれたみたいに瓦の上を一斉に躍ね上がりたちまち湯気が上がりました。

ちょうど、あんごが後れ馳せながら顔色を変えて逃げていくところでした。

私はまだ稚気にあふれていた頃へと戻り笑い出していました。

「きゃっ、あははははは」

いおの中からきか子さんも笑っていました。


一夏が過ぎ、季節は初秋となり、私のきか子さん宅への四度目の往訪時に私達は互いの生活に干渉しない取り決めをしました。

事訳は多少気の緩んだ私が民生委員様・市の福祉課の担当者・ケアマネージャー・診察医などの皆様ときか子さんの生活を円滑に運べるよう隣人としての連携を取れないかと考えたのです。

民生委員様のことは、きか子さんの社会との結びつきになりそうな人が居るか、それとなく本人から聞き出したのです。

ご明察いただけるとは思いますが隣人といっても赤の他人でした。

苦心の末は惨憺《さんたん》たるものでした。

「人の気も知らないでっ。私そういうの大嫌いっ。あー本当にバカみたい。あなたそんなに安っぽい人間じゃないと思ってた。考えられない。あーもうやだっやだっやだっ、見損なった。私の髪も細くなり、心悸にもばらつきがあって。なんであなたみたいな人にっ。はーもう来ないでちょうだい。顔も見たくない。出てって下さい。出て行って」

私はこれでも条理を通そうとするなら主義は曲げない依怙地な所があることから、職場で利用者である老輩より「先生」「兄さん」と呼ばれていた一角《ひとかど》のつもりでいたのです。

唐突に面を食らった人生に何の裏書きも持たない私は、まるで集中豪雨に呈された異邦人の如く、自分よりしたたり落ちる生ぬるい雨垂れを止められそうもありませんでした。

職場でも素振りに出ていたかどうかは分かりませんが私はてんで様《さま》になっていず、いつも形無しであり、まるで雨曝しのまま為す術もなく途方に暮れているのみの体だったのです。その一場を回顧して察するのは、きか子さんは性分としての自分の弱さを周りへと新たにさせて、了見してもらう以外に遣り場のない人のようにお見受けできたことです。

自分が人へ及ぼすありもしない誤りを怖がっている風に見えたことが何度かあります。難物となってしまったきか子さんと手を結ぶことのできるはずの数少ない人間は、皆知りようもない世界について何の関与も持たされないまま、けんもほろろにただ遠のけられていくのを呆然と見守るしかなかったとも言えます。

非礼を承知して言わせていただきますと、これがせいぜい社会的性格のかけ離れた私の立てる精一杯の臆見《おっけん》だったのです。

元より、私風情が人の人生になど無考えに入って行ったのが間違いだったのかもしれません。

私からは実社会においての見せかけの品性から来る驕慢《きょうまん》さだとか、幼少期に誰でも見るその場しのぎの甘露な夢みたいなものが、縒《よ》った縄目の如く表裏となり交交《こもごも》に表裏が逆となり目の眩んでくる感応することの至極難しいものでした。

結局はきか子さんが今までそうやって生き続けでもしてきたかに、長くは居にくい外連《けれん》にあふれてしまうのです。

これまでで、きか子さんの送って来た人生においての真実があることを、少しも見抜けないわけではなかったはずなのにです。

私は気づけば、向後に辛くて直ぐ辞めてしまった職種の真似事を始めようとしていたらしいのでした。

職を変え仕事のひけが遅れ、帰りが夜半になる日がしばしばあっても、足早に家近まで来て安堵すれば、いおの中より漏れる幽《かそ》けし灯を見つめて、よく安らいだ心地を取り戻しました。

それは多分、私へと生きる人全てに伝わる奥義を振るうかにやわな心を打っていたのです。

理由についてはあやふやであまり理屈づけることはできないものの、それがきか子さんを知ろうとする初めだった気がします。

その時分の私はと言えば、この自らの感性の引き起こす傍迷惑でしかない誇大な考えを真に受けようともせず、顔には苦笑を浮かべていただけでしたが……。

ある時、はっきりと自分には伝わって来たことがありました。

まるでそこに居たのが自分の代わり役でもあったかのように……。

私が今も心残りにしていることは、まだ越して来たばかりの年のやはり炎暑と言える日でした。

朝間に私がアパートの階段を下りていくと往来には、きか子さんが出した生ゴミがカラスによって寸々《すんずん》に引きちぎられて、そちこちにばら撒かれ、かすかに悪臭を放っていました。

それを目の端で捉えると、そのまま私は仕事場へと歩き始めていました。

頭の中では今日の仕事の心得を一つ一つ揃えていたところでした。

一町程歩くと私は格段に強さを増して来た可視光線を疎ましげに見上げて、途端に河辺の土手を転げ落ちるかの悵然《ちょうぜん》たる面持ちを浮かべていました。

脳中にはあの時聞いた笑声《しょうせい》と開いた戸口から見えた痩身が彷彿《ほうふつ》と蘇っていました。四辺に散らばった残飯のかけらは昼までには堪《こら》え難《がた》い饐《す》えた腐臭を放つに違いなく、今日の気候を鑑みれば暑気に当たるだけの杞憂のみだけでは済まないかもしれない。

次に往来の暗鬱な姿が浮かび、目は転転として定まりなく動き、焦れてでもいるかの汗が額に滲んで来ました。

雖も歩みは止めませんでした。

その日の仕事がひけて拘束を解かれた私は、心急《せ》きながらすずめの体で飛び戻り、元の往来に立ちました。

腐臭は消えており、残飯はきれいに取り除かれていました。

今までの気鬱は立ち所に霧散し、安堵から頭を垂れたついでに、

「ありがとうございます」

私の口吻がそう形作り、路地の行き止まりに向かっての深い辞儀に変わっておりました。

この時私の持った曇りない心境と並並ならぬ気強さは、民生委員様と初めてお会いした時感じたものと同一であったと披瀝《ひれき》いたします。それはいつかの話、いおへと訪問した時のことです。


空談を終えて、暇を告げようとした私にきか子さんは珍しく子供のする駄々に似せて口強《くちごわ》くからんできたのです。

私は真意もくめないまま仕方なく宥め賺す風に場を納めようとしました。

そうしているうち、ふと後ろを振り返ると薄闇の中で戸口の外に立つ人が影になっていて、ぎくりっ、とさせられたのです。

私達の空談から生じた悶着が納まるのを身動きせずに待っているようでした。

事の次第はと言いますと、私は買い物に行くしな、いおへ寄り、きか子さんが食べたいと言ったヨーグルトを選び買ってきてあげたのですが、好みの銘柄の商品の中に小さな果実が入っていたことが火種となって、

「返してきてちょうだい。でないと私は品物は受け取れませんし、お金も払えません」

と慳貪《けんどん》に切り捨てられました。

少し商品の変わっていることが問題だったかと言えば、きか子さんは急に拗ね者を演じてみたくなってしまったらしく、この時の私の憮然とした表情を見てくっと笑いを飲み込んだのを見逃そうとせず、

「じゃあ、お金はいりませんので慰めだと思って召し上がって下さいよ。その方が赤木さん、おいしくいただけるんじゃないですか」とすかさず私も切り返していました。

こうなると、ここで引き下がっては沽券に関わるとでも言わんばかりの、折り合いのなかなか付きそうにない、しかじかのことが出来したのです。

介護施設を二つ渡り歩いて、合わせて一年足らずの経験しかないとはいえ職掌において最も重要と思えたのは即ち人と人との関わりでした。

私はこれをまともには寄せつけず、猶も正面からは応じようとはしませんでした。

戸口で影像となり待っている人影は民生委員様であり、その方もろとも煙に巻くかの悶着が収まるまで既に大分時間をかけてしまっていました。

お互いに承諾できるまで話し合うのが前の件《くだり》にある条理を通そうとするなら主義は曲げない私の人との関わり方であり、これを繰り返すことにより信頼は生まれるのだと思っているのです。

この間、あんごは布団の上で体を丸めて蹲《うずくま》っており、目を伏せたまま開こうともしません

でした。

あんごはおばあちゃん子であり、その一粒種としての自覚からか遅々とした時間に自らを繰り込んでいるかに見えていました。

事態が収束に向かうと、折りを見て暇を告げた私は戸外へとすばやく身を躍り出しました。外で待っていた民生委員様の暗く掻き曇った顔と目を交わすと、それを早々に逸らして頻《しき》りと頭を下げながら、

「突然、夜分に恐れ入ります。私はそこのアパートの二階に住んでおります高橋と申します。決して怪しいものではございません。介護職をやっていまして赤木さんとは」

「あの」

民生委員様の口が開きかけましたが、驚倒しかけた勢いから構わずに後を続けました。

「猫を介して知り合いました。あの申し訳ありません。実はこの建物は芸術家志望の学生が住まう下宿でして、赤木さんとは以前よりの交流がありましたから、話がはずんで度々お邪魔を繰り返すことになりました」

辺りを漆黒が覆い、民生委員様は体の前で手を組み合わせて私の話へ耳を傾けていらっしゃいました。

帰宅の際にいつも見る幽《かそ》けし灯は未だ暗く掻き曇った面立ちへ糅《か》てて加えて陰翳を与えておりました。

「そうですか、お世話をお掛けいたしました。高橋さんでいらっしゃいますね。私は民生委員をしております高岡と申します。お話は聞かせていただいています。これからもよろしくお願いいたします」

と慇懃《いんぎん》に頭を下げられ、私は話から置き去りにされた風にきょとんとしてしまいました。きか子さんは私のことを民生委員様に話していたようであり、ほとほと迂愚《うぐ》な私はこれほど他人が介入すればそれもありえるだろうとゆっくり頭を巡らせながら、

「民生委員様でいらっしゃいますか」

猶も事の顛末を述べようとして、そう聞き返し目を夜空へ向けました。

頭頂に登る満天の星々の瞬きは目も眩むほどでした。

「実は今日お金のやり取りをしてしまい、受け取る受け取らないで話がさんざんこじれまして、互いに声高となりお聞かせしました如くの口舌になったわけなんです。迂闊《うかつ》だったと思っております。長居となりお待たせしました非礼をお詫びいたします」

高岡さんは暗がりで愁眉を開くと、

「いいえ、少し聞かせていただきました。実は赤木さんはなかなか人を側に寄せたがらない方で、もうヘルパーは三人程替わっています。

先生さえも替わられてまして、ヘルパーも週に一日しか雇い入れず、気を揉んでいると、つい最近どういう了見か、〝高岡さん、ヘルパーをもう一日入れることにしたの〟とけろっと言

われまして」

私は窮迫されるものと覚悟していたはずの話の矛先に何だか呆気にとられ始めていました。

「好悪の激しい方なんです。年を取られて更に皆怖がってしまって、そこで折り入って頼み事があるんですが……」

私は話の途中で、きか子さんの先んずれば人を制すとばかりに面詰しようとした相貌を思い浮かべ、吹き出すかと思いましたが、それを何とか抑え込むと互いに無常を思う心から生じたかの奇縁を思い返しながら、

「私はそういう類いのものではないと思うんです。性質は弱い方なんじゃないかと。僻者《ひがもの》のように振る舞いたいのが分かるのですが……」

そこまで言って高岡さんへと向き直り、

「承知しました。できる限りお力になりたいと思っています。

どうぞ、中に入って赤木さんと話されて下さい。私の電話番号と買い物のレシートは手渡しておりますので」

高岡さんは嫋《たお》やかな微笑みを浮かべて戸口の中へ入って行きました。

高岡さんが私に託そうとした用は二つ、庭木の剪定を促してもらえないかということと、デイサービスへ週一日でもよいから通って欲しいとの打診でした。

私は茂り合う庭木へ目を遣って、いおの軒にかかった星々を路地よりしばらく眺めていまし

た。

幾星霜を経て輝きを届けている星々は辺りの時間をゆっくりと送り出し、一つ一つがあたかも機軸の如く正確に位置取っていました。鳴かず飛ばずである自分の未来を重ねていました。

そろりと歩を踏み出すと先のきか子さんの言葉が脳裏に去来しました。

「大嫌い。老人を前にうぬぼれないでちょうだい」

アパートの階段の上り口まで来ると、いおの窓からきか子さんと高岡さんの話し声が聞こえ、

「高橋さん。外で会ったの。あぁそう」

と乙に澄ました声が耳に届きました。

不意を食い足の運びが狂うも、今度はほかでもない自分についての苦笑を顔に浮かべていました。

段板《だんいた》を踏み抜きそうな錆びた階段の中場で、私は振り返るといおの姿を見下ろしました。

如何なる理由か、この時眺めたいおは古体《こたい》な趣きを携えていて、狭小な庭にある軒端の梅の花が勝手口から漏れる光を浴びて白く光っていたのでした。

いおの周りはしんとして静まり始めていました。

水の流れない河辺のほとりに二つの星が明滅し揺らいで見えました。

最後まで私達のやり取りは、河辺に寄り沿い古びのついた宿りに仮寓しながら、各様にいのちの輝きを放っていたように思えました。

行き場のない不安をよそにきか子さんは何故ここに居て、ここでの暮らしをどう思っているのかが再再私の頭には浮かんでいたのです。

こんな逸話がございます。

大分暑さの和いだ気持ちの良い風が吹く日暮れに、いおの戸口の隙より中を覗くと私は快活に、

「きか子さんっ」

と声をかけました。

どちらも折り合いのよい終始なごやかな宵でした。

さんざん談笑し文学へと話題が変わると、きか子さんの造詣の深さには到底及ばない私はきまりの悪さからこれで放免してもらおうと何気なく横を向いたのです。

すると、話の間ずっと下駄箱の上へ置かれたボロ布に見えた蜂の巣が突然視界へと飛び込んで来ました。

口はきか子さんに合わせて動くものの、目はしばらくまんじりと見たまま逸らしませんでした。

方寸の整った六角の巣房《すぼう》が折り重なった中に一匹がまだ室の入り口へ脚をかけたまま微動だにしなかったのです。

ただそれだけでしたが、私は目を見開いて驚くと忽焉《こつえん》として哀憐の情に包まれていきました。死骸は、まだ今にも動き出さんかの生彩を感じさせている孤塁を守ろうとして古巣に最後まで残った若いアシナガバチでした。

少年時代にも非ず、まして私がこの光景に深い観照を授けられていたなど思いも寄らないことでした。

それから週余が経ち、屋根の上から戯れつくかのあんごと私とのやり取りは、相手より上位の格付けを占めようと互いに譲らずに角逐する必死の様相となっていました。

とある休日の昼下がり、突如に降って湧いたきゅうきゅうとして気の詰まる遣り場のない用談を済ませ出先より戻った際、やけに怪訝な顔つきをしたあんごと目が合いました。

いつもの好奇に満ち、邪気を孕《はら》んだ目の光らせ方とは違った何か困り事でもあるかの面相を気取ると、私はそれを揶揄《やゆ》してやろうと、からかうかの笑いを顔に浮かべていました。刹那、直ぐ目先に居るあんごの周りを四、五匹の蜂が飛び交っているのに気づきました。

目を凝らすと階段横の軒下の裏を数匹が内に外にと行き来していたり宙空を停止飛行しているのが見え、耳を澄ますとブゥーンといったかなりの大きな羽音が聞こえてきたのです。しかもそこだけではない、所々にあるのが分かると脳の心棒がじりじりと触れた感じがしました。

ただ注意して見ると他の巣は崩れが目立っていて、今年に作られたものではなく蜂の巣への出入りは最初に見留めた一つだけであることが瞭然としてきました。

私は胡乱《うろん》がりながら市役所へと電話をかけ、市民相談課へと廻《まわ》してもらうと民家に巣を作った蜂の駆除についいてを聞きました。

紹介してもらった駆除業社にかけると、今日もう既に作業者は出払っていて明日の朝一番にこちらに向かわせるという段取りを事務の方と取り纏めました。

急ぎ階段に出て、いおの窓が閉まっているかの確認をして、あんごの元居た屋根へと目を移すと、明け暮れの甘えの後に直ぐ居なくなるのと同じ気配は残したまま、身を晦《くら》ましていたのでした。

翌日の早朝、駆除業社の方がバンでやって来ました。

「えーと、どこにありますか。あっあれ、あれは違うな」

くだけた様子でそう言うと私を見て、

「あれはアシナガバチ、窓の外で少しずれているし多分問題ないと思いますよ。それにしても随分巣を作ったね。一、二、三、四、多分毎年……」

「アシナガバチ」

私ははっとし、虚を突かれるも、それでも緊張は解かず、あわて反駁《はんばく》いたしました。

「しかし、刺されれば重大ですよね。百匹以上いるようにも見える」

作業者は「網、網はと」と繰り返して荷台を開き、捕虫網とは呼べるかどうかの太い丈夫な柄を握ると軒下の巣を捥《もぎ》る身振りを見せて滑脱に告げました。

「余程びっくりしないと人を刺すようなことはないと思うんですよ。駆除してもいいけど行政から補償金は出ませんよ。スズメバチじゃないんでね」

最後を伝えると網へ向けて薬品を撒布する所作をしたのでした。

私はまぶたに刻んだ長い胴といかつい四肢を思い、身震いを抑え込むと、

「何かありましたら連絡いたします」

と告げ、慇懃《いんぎん》に礼を述べました。

而《しこう》して、直に実勢調査を執るつもりで、きか子さんの好物であるいちご大福を手にいおの戸を叩くことにしたのです。

「きか子さん、きか子さん」

名を呼んでいおの薄い戸を開き、中を覗き込みました。

沓脱ぎへ入り込み、座敷へと顔をつき出して、今一度「きか子さん」と呼びかけると、上体を起こそうとしたきか子さんが私を見返し、筋ばった指で髪を掻き分けながら、

「えっ誰。よく聞く声だわね。あぁあぁ高橋さんね。これは、これは、面白い人がお越しになった」

私は堅くならずに柔らかな物言いで、

「きか子さん。ここ最近格段に冷えたね。夏は終わっていたのかな。いちご大福食べないかい。

僕はもう食べちゃったんで」

　きか子さんは目を輝かすと、能でも演ずるかの泰然とした手付きで手沢《しゅたく》の付いた卓上を指差し言いました。

「ここ、ここ、ここに置いてちょうだい。これはいい贈り物ですこと。あなた、随分私の好みを心得ていらっしゃいますね」

　座卓を指で叩きながら、そう言って未だかつてない尊敬の表れた目つきで私を今一度見返したのでした。

　私とて少し芝居染みたうそ寒い気がしないわけではなかったのですが。

「その格好で寒くないかい。上に羽織るものは。褞袍《どてら》などはお持ちではないですか」

　落ち着いた口調で、薄着に見えるきか子さんへ上に何か羽織るよう手振りで通わしました。

　きか子さんの身に着けているものは薄手の桜色をしたカシミヤセーターのようでした。よくよく顔色を見ればうっすらと白粉《おしろい》を塗り、唇には木造の家作りの趣向に悖《もと》る寒梅の如き原色の真紅までひかれていました。

　実を言うと私はいつもと違う艶やかな装いを目にした時、飛び上がらんばかりに驚嘆していたのです。

「褞袍、はて褞袍とは」

　人をからかい、わざと滑稽な語調でそう反芻しているきか子さんを尻目に、

「あぁ、それはそうと、きか子さん。そう言えば階段を上がる途中の直ぐ横の軒下に蜂が長さ半尺程の巣を作っているのを知っていますか。庇《ひさし》の陰になっていて今まで気づかなかった。昨日急に耳元へ羽音が届いて気がついたんです」

「アシナガバチさんですね」

あたかも寓話《ぐうわ》の中の夢中に居るように媼《おうな》は言うものですから、

「いや、そうじゃありません。軒下に巣を作っている蜂の多勢ですよ」

不気味な羽音が耳に蘇りそうでしたが、私は怯まずに言い返しました。

「だから、アシナガバチさんじゃないですか」

磊落《らいらく》に言い返されると、私は自分のした行動の正しさをうっすらと狐疑《こぎ》し始めていました。

「えっ、はい。知っていましたか」

折しもその時、今にもへたり込まんかにびっこをひいたごきぶりが窓側の桁先《けたさき》から私達の居る茶の間の畳張りの座敷を通り、勝手口へと抜ける単独行を試みようとおちおち進んで行くのをしばらく私は間の抜けた顔をして眺めていました。

「そんなに心配なさらなくても人間はともかく生きとし生けるものはその稟質《ひんしつ》によって私の話に耳を傾けていらせられます。いつ頃かしら、来る時はいつも決まっていますす」

然言《しかい》うと急に矍鑠《かくしゃく》とした物腰で、

「アシナガバチさん、こんにちは。どうぞお気の済むまでご照覧下さい。——と言い、迎え入れます」

そう言って目を伏せると次に豁然《かつぜん》と見開き、高調した口振りで、

「帰られる時はこう……」

また目を伏せて今度は鷹揚に、

「アシナガバチさん、ありがとうございました。どうぞ暗くならないうちにお帰りになって下さい。——そう言うか言わないかのうちにスーッと窓から出て行かれます」

私が口も利けずに体を棒にしたまま突っ立っていると、

「そこを通るごきぶりさんも毎年いらっしゃる見知った方です。生きとし生けるものは……」

急ぎ先程のごきぶりを目で追うと畳からやっと板張りの勝手口へと足が届き、最前に見たおよそ二倍近い目も見張らんばかりの推力を取り戻し、それは何かすさんだ私の心性を劇的に振起させていくかのようでした。

「今年もありがとう。また来年お会いしたく存じます」

私は学問を志す身を忘れ、これは隠喩であるか、扨又《さてまた》ごきぶりは加齢していく生物だったかを図らずも案じました。

飽かず訝しがっていると、きか子さんは目を眇《すが》めて渋るかの面相をつくり、

「高橋さんは先よりそこに立ち尽くしておいでですが、多分これらの一切のことはご存じだとは思いますすけど」

少しく落としていた目を上げると、きか子さんの背に隠れて気づかなかった丸くなって眠る、我関《われかん》せずといった具合のあんごの姿が見えました。

「いいえ、新奇といえる話でした」

心を静めるかの間があり、きか子さんは私を見通している目で眺めて笑いました。

「そうですか。アーハッハッハッハッハッ。あぁそれはさて置き、この前下さった藤村の本、とても面白く読ませてもらいました。昔が思い出されて……藤村の書く本は私に自然と染み込んでいって、あっという間でした」

「多分、そうじゃないかと思いました。僕にとっても特別なんです。優しい作家なんですかね……」

きか子さんは私の目を見つめて穏やかな顔をなさっていました。

「あんごっ、ほらっ、起きろっ」

私は気をとり直すと、来訪しようがまったく応じようとしないあんごを構い付けたくなりました。

「ええ、そうそう、そうかもしれない。作家よねえ。あぁ、私そう言えば若い頃よく感じていました。何かまた自分でもしてみたくなってきた」

いつになく自身を活気づける風にきか子さんが言いました。

私は驚くと直ぐさま、こう返していました。

「帽子はどうです。もう作る気はない？　あぁ、そうだ。この前話したデイサービスの件ですけど週一日早朝にそこに行って、帽子を作る時に手本にしていたキャサリン・ヘップバーンの映画を見せてもらってはどうですか。ものは試しに。何か心に新しく芽吹いてくるかもしれない」

端《はた》から見れば狷介《けんかい》孤高な老人であるきか子さんに麗しい人柄を付与できて、無邪気にも私の心は華やぎ始めていました。

「好きだからと言っても常に描いて作ってたわけじゃないのよ。んーでも、それはいいわね」

それとは逆に本当のきか子さんはどんな人か考えてみたい興味も強く働いていました。

「社会見学だと思って、ここでくさくさしているより朝起きて床を上げて家を後にし出迎えの車で戸外へと出るんです。当座の間は材料が揃わないだろうから友達と一緒に今日見る映画についてを考える。悪くないんじゃありませんか。これは私の考えに依る妥協案ではなく二人で探った妙案だと思うんですよ」

きか子さんはまんざらでもなさそうにゆるりと微笑むと、あんごを見返して、

「そうねぇ。あんごちゃま。朝から昼を過ぎて夕刻までを、一日ぐらいは居なくても許して下さいますか」

あんごは急に自分に話を振られ、驚き、目を伏せたまま眉目《びもく》に皺を寄せているかに私には映りました。

「よくよく一人で考えてみますわね」

そうしてきか子さんははたと顔色を変えると、突然座卓の上をごそごそ探り始めて「あったあった」と言って備忘録とペンを私に手渡しました。

「一体、これはどういう了見なんですか」

珍しく話に乗ったきか子さんの行動が釈然とならずに受け取った物を元あった所へ戻そうとすると、

「それはそうとして、あなた私、易もやっていて免許皆伝の腕前なのよ。見てあげるから生年月日と名前をこの紙に書いてちょうだい。この前言い忘れたでしょ。今度は忘れてなるかと思って心覚えにしていたんです」

きか子さんは言い終わりもしないうちに座卓の上の筒に差してある筮竹《ぜいちく》を抜くと、手で弄んで乾いた小気味よい音を響かせました。

「嫌かしら」きか子さんがそう言い、筮竹を振り始めると辺りが訝しむほどの大きな音を立て始めたので私は危ぶみ、

「僕の人生なんてもう先刻決まりました。あとは残りがあるだけですよ」

あまりの展開の悪さにそう言ってたしなめようとしたのですが、きか子さんは甘えを差し挟まない頑な目つきで私を見据えると、

「じゃあ、参考になさって下さい」

次に厳格な態度で詰め寄られ、そういうわけかと思いましたが断ることもできませんでした。私は渋りながらも生年月日と名前を備忘録へ走り書きし、きか子さんへと手渡しました。

「お名前は何と読むの」

「幸雄と言います」

「姓からもう一回言ってちょうだい」

「高橋幸雄と言います」

きか子さんは楽し気に二、三度頷きました。

いおを出ると秋風のそよ吹き、私の火照った鼻先を舐《ねぶ》るかに掠めて行きました。ただ少しの間、私はちんどん屋の通った後のような正午の爽涼とした風に吹かれていたかったのです。


ファーブルは蜂の研究で声望を高めたそうですが、私に蜂の個体の形成する五蘊《ごうん》についての識見を備えさせる事態が起こるのは思いも寄らないことでした。

蜂の一群は私の取った所為《しょい》から剣呑を感じ取ると冬籠《ごも》りの慣例を踏襲せず、あわてて私のアパートの階段を上がった所の共同通用口につけられた窓の枠へと巣を作り始めようとしていました。

もう冬にも間近い季節だというのに一間と離れていない人の住まいの前へ住み替えを行うつもりでいるらしいのでした。

百匹近い大群は四肢で互いに支え合いながら、紙風船程の塊となって、たまに吹く風にそよぐかに蠢動《しゅんどう》して揺れました。

己がじし風船の如き塊の奥へと入り込もうとし、時折ギチギチギチと大顎をこすり合わせると寒気をもよおす噪音《そうおん》を立てていたのです。

息を飲むかの様相は私の部屋の直ぐ目の前にありました。

沓脱ぎを出た階段へと続く共用の通用口の扉の直ぐ横でした。

私は胸にあった内実を読まれでもしたかに狼狽するも、急ぎ扉を閉めると家主へ連絡を取り駆除業者を手配してもらう算段をして再度通用口へと出ました。

きか子さんに口授された生きとし生けるものへの説法などは皆式考えに挟まず、塊の中心を見据えると、〝ここには住めない。駆除業者が来る。森へ帰れ。私はきか子さんとは違うんだよ〟

声に出して語らずも、そう心で伝播させました。

折しも野分けが巻く風《ふう》に吹き渡り、塊がビリッビリッビリッと鳴き一瞬膨らんだ気がしました。

部屋へ戻って約束の小半時が経ち、間もなく家主から私へ電話が入りました。

「高橋さん、どうです。状況に変わりはありませんか。業者さん、先程少し遅れると言って来たのでそろそろ到着するかと思うんですけど」

「どうも、お気遣いありがとうございます。十五分前に見た時は更に堅固に結びつくかに見えました。業者さんとは一度お会いして話してますので近所に差し障りのないようにだけ注意いたします」

私は変わらずに気を張ったまま家主に仔細を伝えると、事を進めるべく電話を切り、表へと出ようと決心を固めました。

沓脱ぎへ行き、靴へ足を入れる間、いおと苦楽を供にしてきたかの崩れの見て取れる歴年の巣を思いました。

そうして今し方、扉の外で蜂の衆勢に聞きわけさせようとしたのと同じ心残りを覚えながら扉を開いたのです。

扉を開けると、塊は嘘のように見る影もなくすぼまっていて十匹程が窓の縁へとぶら下がっているだけでした。

私は信じ切れず通用口の扉を開き、階段へと出て、目を中空のそちこちへとさまよわせていました。

空は灰色でしたが、私の心象には澄み渡った中をあたかも煙が立ち昇っていくかに大群の飛び去っていく諸相が克明に描かれていました。

役目として処置をとらなければいけず気を揉んでいた私は、放心するかに長く息をつき、難事が片づいたことが分かると晏如《あんじょ》たる心地を感じていました。

私は蜂の大群が飛び去って行った枯れ川の流れの先にある、今は高層住宅に隠れて見えない丘陵を思い、そこに無事辿り着くことを念じました。

水の流れない河辺、昔よく増水し氾濫したことから水量を減らすための治水が施されたとか……。

「高橋さん。私、これは大変な所へ来てしまったという感じなのよ。アーハッハッハッハッハッハッ。人間、土壇場は何を守るかといったら血かもしれないわ。血筋なのよ。これは大変な時代になったもんね。アッハッハッハッハッハッハッハッ。ねぇ高橋さん、あともう少し残っているから。あの、高橋さん、眠っちゃったわけ」

それからというもの意欲旺盛な蜂の大群は、いおへは巣を作りにやって来ませんでした。


階段に出ると屋根の上で気持ち良さそうに虫干しするあんごと目が合いました。

「おはよう、あんごっ、にょんでいいか。めめはどう。今日はあったかくてよかったねぇ。おばちゃんにごはんをもらって病院へお行き。分かった」

にょんは、あんごの名を知る前に私のつけた渾名でした。

妹さん夫婦が遺品整理をしている間、あんごの目やにの溜まりやすい病気を見つけて病院に連れて行って下さったのです。

私は階段を下りきると、いおの門口で待ち受けていられたきか子さんの義弟の方と向き合い、腰を屈め挨拶しました。

「御無沙汰しております。あんごの引き取りで奥様と何度か電話させていただきました高橋と申します。告別式の際は私のような者が突然に伺いました上、ご挨拶もしませんで大変な失礼をいたしました」

あんごのもらい先は妹さん夫婦に決まり、私の少しずつ揃えていたえさ入れやねずみのおもちゃなどは不用の物となりましたが、それよりはだんな様によってあんごが手もなくペットの外出用のかごに入ったことが私を驚かせていました。

「いいえ、家内と民生委員様からよく聞いています。家内とは何度か会って話されたとか。どうぞお上がりになって下さい」

嘘のように晴れた日でいおの中は暗く、目を慣らそうとして玄関に入ると奥から妹さんが挨拶に出ていらっしゃいました。

「高橋さん、ありがとうございます。どうぞお上がりになって下さい」

暗がりに目を凝らすと若い女性が正座しているのが見えました。

「いい天気ですね。きか子さんの命日は雨で、それから五日も続いたから今日もかと」

私は気にせず妹さんに話を向けながら、上がり框に腰かけ靴を脱ごうとしました。

「そんな人でした。さぁどうぞ上がってて線香をあげてやっていただけますか。そこに居るのは私の娘になります」

娘さんに軽く会釈して、きれいに拭かれた畳の間に入り、中央にある仏壇を少しの間眺めていました。

向き直ると私は膝を折って挨拶しました。

「初めまして、高橋と申します」

自分とこの場で顔を合わせるのがおかしいと思うくらいの美人の方だと思います。

「いえ、初めてではありません。告別式の時お目にかかりました」

きか子さんにわずかも似ていない彼女は普段から人の奥底を見つめているかに強い目をしていました。

私は告別式で見たかどうかを思い出そうとして初対面の人の顔を何ら憚らず見つめ続けてしまっていたようでした。

ぼんやりと女性の顔を見ていた私にはもう隠し立てするようなこともなく、長く見入ろうが取り繕う価値もなかったのかもしれません。

「あの、小説の方は……」

いきなり私室に光を入れられた気がして我に返った私に、

「突然、失礼を言ってごめんなさい。実は私が言ってしまったの。この子は本の虫で食事の時も読んでいるほどなんです。おかげで家では眼鏡なんですよ」

妹さんがあわててつけ加えたので私は相好を崩して彼女の目に引き寄せられるままに、

「はぁ、それは珍しいんですね」

そんな本音を漏らすと、再度おかしな成り行きを見下ろしている仏壇の方に意識を集中しました。

きか子さんにとって美術を志す若者は生きようとする命そのものだったかもしれません。行政も手こずらせる難物であった人の自由な心は、最後は自分以外の命へと向いていた。

きか子さんが生を閉じた原因は心不全でした。

初七日までの間は終日暗い薄曇りの空模様で、本人様の気風にも似つかわしい嘘のような晴れ間が一時広がったかと思えば一入《ひとしお》に細細とした大人しい雨が降り続きました。

いおは私に人生についての目を見開かせるかに主の不在を伝えていたのでした。

〃トンットンットンッ〃

「高橋さん。そろそろ時間です。もう出ておいた方がいいでしょう」

私は急ぎ墨色の上着に袖を通すと玄関へと出て、

「お待たせいたしました。行きましょう」

葬儀の当日、隣の辻本さんに同行して下宿を後にしました。

「先程、僕がたばこを買いに出た時、あんごが久し振りに顔を出したんですよ」

「えっ、へえっ」

「きか子さんの入院には、あんごが潤んだ目で僕を見ようとしなければまったく気がつかなかった」

私は書き上げた処女作を上梓しようと躍起になって奔走している最中、あんごの顔色から異変を悟ると床上げされたいおの中を見て、周章狼狽とし救急のきか子さんを運んだ搬送先病院を探り出したのです。

宅配弁当を配達しに来た人がきか子さんと話が通じずに喘鳴《ぜいめい》のなかなか治まらないのを見て取り一一九番通報し緊急入院したのでした。この子が思った通り、私は腑甲斐のない役立たずと言えたでしょう。

辻本さんと私は河辺に着くと土手の縁を歩き始めていました。

今朝方あんごを見た時の様子を回想していました。

いおの前にある市有林の中から出て来て、門口の前で少し立ち止まり私と見交わすと、それは急に胸を詰まらせていきました。何か言葉をかけようとして「あんごっ」と呼ぶと、さっと庭の茂みの中へ姿を消したのでした。

「今朝見たあんごなんですけど、また遊んでくれるってそんな表情でした。多分、葬儀の準備でにわかに主人の名が口に出されて帰って来るのかと思っているのかもしれませんよ」

私が苦笑すると辻本さんは項垂《うなだ》れたまま首を傾げ、やっと言葉を継ぎました。

「そうですか」

「あんごはもう老い猫だったんですね」

私はおかしいくらいに落ち着き払った自分の声を耳にし、円満そうに頬が緩んでいるのに気づくと一旦口を大きく開いてから歯を強く噛んで咬合を確かめていました。

　辻本さんは記憶を探るような遠い目をすると、

「えーと、確かそうなりますかね。昔は全部で六匹か七匹居たこともあります。バロンにモンゴロッソ、あと何が居たかな。最後があんごです」

　私はあんごを一粒種とばかり見ていた思い込みを見事に覆されてあわてて頭を巡らせていました。

「あんごは小柄な雉虎ですね。目が緑で神秘的な所のある。他にも居たんだ。じゃあ、あすなろ荘の周りは猫だらけだったんですか」

「ハッハッハッ、猫だけじゃなく学生ももっと住んでいました。きか子さんとの始まりは宴会を開いていた席への飛び入りです」

　聞いたことのある話から頭を仕事に合わせようと目は忙しなく動きまわっていました。

「というと」

「酒盛りの最中、一升瓶を持ってね。ご機嫌で突然に現れたんです。その頃は今、僕と君しか居ない二階は四畳の一間が四部屋あり、戸は襖開きになっていて行き来は一声かけるだけで簡単でした。

　深夜にそろそろお開きにでもしようかという頃、いきなり襖の外から声がしてね。驚いて開いてみると、きか子さんが軽く頭を下げられお仲間に入れて下さいって。下宿仲間の円座に加わって来たんです。お酒が強くてねぇ。よく潰されましたよ」

辻本さんは二昔前以上のきか子さんとの出会いを地面へ目を遣って手繰り寄せるかに話しました。

私はもう少し詳しく知りたく、

「突然に」

そう聞き返しました。

「はい。確かあの頃でもう還暦は過ぎていたはずです」

辻本さんは真っ直ぐに目を向け直すと言いました。

「はぁ、そうでしたか。それじゃあ、大分元気でいられた。酒好きとは聞きましたけど」

まだ若い生面《せいめん》のきか子さんが、いおとアパートに橋を渡すかに角材で造った物干しへと洗い物を干す姿が頭へ浮かんでいました。

「得意の歌があります。えーと中尾ミエだったかな」

「かわいい、ベイビー」

私が即座に答えると辻本さんの表情は明るさを取り戻し、

「そうだ。そうだ。そうだったね。随分前のことになります。この辺も様変わりしました」

河辺を曲がり足を市中へ踏み入れると、私はいつもと同じ書き入れ時の喧騒をわざと避けたくなり、辻本さんへ絵の話を振りました。

「辻本さん、芸術って種々あって見えにくい所でつながっていますかね。額装に納まっている絵が一つの垂線から素描されていったなんて想像するのは面白い。僕がゴッホについて話を聞いてもいいでしょうか」

しかつめらしい私の物言いに辻本さんは苦笑いして頷きました。

「僕の好きなゴッホの、音もないかの夜も、狂おしい日中も連れ立ったわけではないのに何故か胸を掴まれて忘れられないんです。あれは写実しているだけではない。筆致丹青の妙だけでもない。何があるのかな。例えば、完璧に写実すれば相当な物なんですか」

私が高揚を抑えずに言うと辻本さんは磊落《らいらく》に二度頷きました。

「完璧に写実できれば作家はかなりいい所までいくでしょう」

「ゴッホに癖ってありますかね。それに同調しているんでしょうか。僕を引きつける何らかの作意があるとすれば知ってみたい気もするんですが」

言って私は胸を突かれたかに頭に浮かんだ初めて書き上げた小説を眺め返していました。

慎重に足元を見つめながら言葉を継ごうとしていると、葬儀場が近づいたのか辻本さんは体を傾けて通りの先を見て、

「高橋さん。そろそろ着く頃です。あそこに見える看板がそうです」

歩道の端へと寄り、首を出して先をよく見ると、白の地に黒で書かれた何度も目にしたことのある看板が窺えました。

葬儀場へ入り、式へ参ずると遺影のかなり若いきか子さんは私へと茶茶を入れる時によく見せたのと同じ微笑みを浮かべておりました。

——子供の頃、父が異国の果実を植えつけると殖産に成功したんです。弟妹が多くて私が一番上。幸せな幼少時代だったと思います。家の庭木の中にとりわけ大きな木があって、そこで私や弟妹はみんな木登りを覚えたんです。

——私の住んでいた集落の近くには大きな川が流れてて、その側にある水車を眺めて育ったの。背丈の倍以上の大きな水車が川の水で動かされているのを時間も忘れて見続けていました。近くの大人が何人か集ってそこで仕事をしていたんです。ギィーバタンッて。それが私にはすごく不思議だったのよ。今となっても覚えてるの。

——東京で初めて就いた仕事が日本銀行でした。仕事がひけた夕暮れ、お堀を見て歩いて家へと帰ったんです。途中、公園まで着いたら迂回しないで中を通り、あちこちを見ながら歩くんです。私のお家《うち》は遠かったの。それでも毎日歩いたのよ。年を追って帽子作りを覚えて……。

気づくと後ろに端座している妹さんに頭を下げられていました。

仏壇の前に正座し直すと見慣れない陰影のついたいおの中の小影がありました。

長く打った殷殷たる澄明な鐘の音が、不釣合いな私達の関係の最後に信じ難《がた》く、またいかにもふさわしく聞こえ、耳に残ってなかなか離れようとしませんでした。

いつか見上げた澄んだ空のように胸に染み渡っていきました。

昨夏の鼻梁をつたう汗ほどの水量しかない、河辺に宿る私達のちっぽけな生活を包んでいた空が鮮明に胸へと蘇りました。

きか子さんの人生は私の自我の申す通りのものであったかどうか。

きか子さんの生きた真実がその通りではなくなってしまう。


正午になって私は蛇口へホースをつなぐと、ひねって水を出し始めました。

水の迸る蛇口がたちまち汗を掻いていくのが見え、周りを清涼な気が覆い出し、私はいおに面した屋根を見下ろせる風呂場の窓を開け放しました。

碧瑠璃《へきるり》の空が開けて指で絞ったホースの先を高処《たかど》へと向けると、一線の水流が弧を描いて空へ吸われていき瓦をだくだくと打ち始め、しぶきが舞い上がりました。

熱せられた瓦から上がる蒸気が静まっていくと、打ち水が樋《とい》を滔滔《とうとう》と流れ始め、いおの中から、

「アハハッ、お父さんっ」

と悪ふざけの諧謔《かいぎゃく》が上がり、私は少し屈託した顔を作って視線を空へと投げました。

屋根の端に油然《ゆうぜん》と湧く夏雲が覗《のぞ》け、連れ添うかに出た虹が見えてその中にもう一つ二重の虹がかかっていました。

どこにも瑕疵《かし》の見当たらない私ときか子さんの間に晴れた空が広がっていました。

私のほんの誤りを日に呈すかのようでした。葬儀の最中、私少し笑っていたかもしれません。

場には似つかわしくないも仕様がありませんでした。

皆様と同じ気持ちで、ごく側から送らせていただきました。

それで私、今お伝えしました、もう居ない人へ連ねた繰り言の如きよく分からないままの心地もどうにか納まる気がするのでございます。

白けたラビリント

どうやら祭りが果てたと気づくと仰向けた顔の上へと腕を伸ばし窓を開けた。夜気を孕んでそよ吹いてくる風をしばらく体に感じていた。

ベッドの上で体を起こすと部屋の陰気を廓清《かくせい》したく蛍光灯のコードを勢いよく引いた。突如つけられた薄闇を裂く燦然たる光の中で、室内《へや》についた染みが白っぽく縁取られて浮き上がっていた。

再び私は寝床へ仰向けになると、目を眇《すが》め口を曲げたまま額に泡つぶとなった汗が消えるまで過ぎた季節を数えようとした。

街上へ立つと夕べの祭りの囃子《はやし》や世上の人の歓声やら、あだっぽい笑い声のさざなみが頭の中へ打ち寄せて来た。

夜の往来を埋めた人波の後に振りまかれたアルコールの匂いが、所々旭光《きょっこう》に洗われて路面から湧き立ち激しい臭気が鼻をついた。今朝も情けない顔をしていた。

これほどまで英気に乏しいのも久しくないことだった。

顔を洗いに行った際、不意に我が身の空しさを映し取られ、憮然とした気持ちをひきずりながら鏡の前を離れると用意を整え表へと出て来たのだ。

私は鈍《どん》重なまぶたを何度か強くつむり、しばたたきながら、商屋街をはい出て踏み切りを渡り、辻を左へ折れて横道へ入った。

線路脇のガムのへばりついた路地を抜けると駅前に敷かれた黒ずみ艶の出たアルマイトを踏んで、券売機の前に並び四、五十分程で着く終点のターミナルまでの切符を買った。

混雑時の列車に乗り込むと、次の駅で降りて路線を換えようと隣のホームへ移った。

そうして直ぐ準急が来て止まれば、何がなだれ込んでいくかの乗客達に揉まれながら転ぶように車内へと足を踏み入れて行った。

道中押し合いへし合いしたくないからその流れに上手く乗じて、入ったとは逆の入り口の手すりとシートの間へ体を差し入れた。

まばゆい光彩のあふれ出てくる自動ドアの窓辺は、角《かど》の隙間に納まる私の体の周りまで光沢を及ぼし、人の頭しか見えない鬱気とした車室とは対象的だった。

朝間の軽いショックから徐々に立ち直った私は、東京の彼岸に、路傍へ佇む閑人と心の中を同期するかに茫然と家並みなんかを見ていた。都市が近づき電車が高架を走り出すと、車内の隅《すみ》でも棒立ちとなり、まんじりともできなくなった。

次の駅で電車が止まり、ぎゅうぎゅうの車内の反対のドアから乗客がどっと乗り込むと、掃《は》き溜《だ》めの木の葉と違わず掻き出されイヤホンの片方が抜けてドアの窓枠に顔をへばりつけられた。

上肢で顔を守りながら正面を向いた時、血気に漲《みなぎ》る太陽が目先に広がる見慣れた町並みを照りつけ私へといつかの自分の歩いた通りと逸り気な熱情を蘇らせていた。

くすんだ街路を隅まで晴らすかの光の中で、淡いベージュの地上八階が私の感受性の成り立ちを示すかに峙《そばだ》って見えた。

私は吸い込まれるかに見つめたままイヤホンのもう一方を外すと、翕然《きゅうぜん》と集まり流れ出した旋律をそのままに固唾を呑んで、聴いていた。

深く息を吐くと彼女と暮らしたぬくもりがまだ忘れずに残っていた。

二人が逢瀬を重ねた心細く切なげな五階にある一室に気をひかれたまま目を逸らせないでいた。

ビル裏に犇《ひし》めく寄り合い世帯が延延続き、目を遮るものはなく水天彷彿《すいてんほうふつ》とするかに空と地上の見分けがつかなかった。

この部屋に住む彼女らしい私への愛情のかけ方は、気づかぬうちに年を重ねる自分の思い出と暮らして行くようなものであったろうか。

片や融通の利かないぐらぐらな観念の持ち主である私にも識見は備わっており、いたいけな心の揺れ動いた記憶の心層のひだにひっかかっていて自分には高価で扱いが難しい。

それからこれはまったく自分の形成にそぐう所がない無縁のものだろうとか、そういう見分け方をしていた。

それは私のしていた編集者という職業の関わっている所が大きいかもしれず、例えば文学上の技法の使い分け方も然り、女性の美しさにも同様のものを感じていた。しかも最初の印象は頑なに取って置いて自分の見方は固執とするかに変わらないのだ。

才知に乏しい私はそうやって愛情をかけていくのが一番良いらしかった。

感受性に基づく雑多な関係は、当時の私には分かち難《がた》く離れ難《がた》く結びついていて時間はまだゆっくり流れていた。

隙間なく増長していくかの市井《しせい》の眺めに見取れているうち、突如頭上に現れた厚雲によって溶暗となった空を物干しの軒下から顔を出し、胡乱《うろん》げに見上げている自分が見えて私は我に返った。

制服に着替えると私は待機室に堵列《とれつ》した警備隊の中に居た。

今日行う研修のテーマは親会社の資産である百貨店警備業務の刷新についてであった。

副隊長の説明を聞いた後、変更のある現場を受け持つ数人が一緒に巡回して指図を仰いだ。

私が受け持つ区域に差しかかった際副隊長から呼ばれ、資料に明記された通り巡回経路を少し拡げるがいいかと聞かれて私は「異存ありません」という風に答えた。

正午となり、社員食堂の窓際に腰かけて一人で昼食をとっていた。

朝は濡れそぼっても仕方がないと思わせる空であったのに日脚が移ると目の覚める青が視野の限りに広がっていた。

ここは最上階だけに一帯が模型のように眺望でき、わずかに気が奮った。

私が席に着くのと前後してセルロイド眼鏡をかけた塑像のように理知的な面差しの隊員が、白のブラウスが一際艶やかさを上げている女性社員を伴い、こちらへ真っ直ぐ歩いて来た。

囃《はや》され艶やかに笑う女性社員の表情には、どこか意味深な媚が見て取れて何がしか惑わされでもしたかに目が離せなかった。

その隊員は私の座るテーブルの前に来て髪をかき上げてから制帽を脱ぎ、それで卓をつつくと、掛けてもいいかと目で意味を通わせた。

女性社員は私を瞥見《べっけん》すると前の方に座る同じ売り場の同僚に手を上げてから、そちらに向かって行った。

「どう思います。いい娘でしょう。彼女」

ふり返り後ろ向きにそう言うと、流れのついた髪をこちらに見せたまま心残りを窺わせて長い間見惚れていた。

出し抜けに言われ答えに窮するも確かに私にも、横顔を思い浮かべるとその人の実態を探りたい興味が油然《ゆうぜん》と湧いた。

同僚の男は佐々木というらしかった。

言葉の軽薄さにそぐわず佐々木は立ったまま慇懃《いんぎん》に挨拶した。

私も立ち上がって後輩らしく名を述べると最敬礼した。

一つしか違わないにしては私に比べしっかりとした顔立ちの男前は、テレビドラマで見たことがある気がした。

「竹さん。女受けはいいんでしょう」

佐々木は汗の捌けが良さそうな高い鼻梁を見せてあけすけに言った。

私は折り目のついたブラウスの下の誇示された胸の隆起をぼんやりと想像して、命がけで一緒になったとして、それはそれで自分にはかなり意味深ではあることを他人事でもあるかにためらいもなく考えていた。

「僕がですか。佐々木さんではなく」

佐々木の下世話な詮索は相手にせず、私は先程の一部始終を見てどうやったかが分からず少しく混乱して、覚えず頬を卑屈にゆるませていた。

「今度、コンパをやろうと思ってて。参加しませんか。ほら、夜は僕ら仕事でしょう。人も足りなくて。いいでしょう彼女」

また体をひねって振り返ると、彼女らの囲んでいる向こうの卓を名残りを惜しむかにつくづくと眺め入っていた。

私は再びちまちまと食事をとり始めた。一日立ち詰めのデパートガールは分かっている。

自分達は生気の消え、視界の逼塞《ひっそく》として淋しく打ち沈んだ闇の中、息をひそめながら仕事をする。

つられて便乗はせずに女性社員のかたまりへ関心をとどめたまま笑みを消し、黙っていた。

「今日も本を読んでるみたいだね。仕事は雑誌をやっていたんだって」

食事をとるため横にのけて置いた読みかけの袖珍本《しゅうちんぼん》を見て佐々木が言った。

勤務初日に彼が隊の仲間と新人の私を面白がり、話の種にしていた場が思い出された。彼は自分は詩を書いているのだ、その世界ではまだ暗愚と変わらないんだが、そう言って手提げから縦罫のノートを取り出すと手渡した。

中身はまだ新しく、十篇程しかなかったが全て日付けの入った散文詩がつづられていた。空について書かれたものがよく目に留まった。

その詩文を連ねたノートを卓上に広げ、頁《ページ》をはぐり、詩はあまり読んだことがないと言う私に、自分の書いたものが入賞したという公募雑誌を卓の上に展《ひら》いて彼は頼んであった食事を取りに行った。

詩をよく読もうとして体を屈めた際に腕に触れた生暖かい私の胸は小鳩のように速まっていた。

おどけて詩が好きだと言った彼の曇りない晴れがましい顔を見て私は信じられずに胸郭を上げて笑ったが、胸に秘む鈍色《にびいろ》のなまりに似た感情は当てられた光に艶めき、陰影を増しただけで触発は受けないらしかった。


次の日、私は体を起こすのも懶《ものう》く感じ項垂《うなだ》れて鏡の前に立った。

今日は出勤日だったかと気のないため息をつくと胃が重く感じた。

もう朝ではなく日の傾き始めている正午だ。出掛けとちょうど合わさる斜陽は性来苦手としていて殊に黙り込んでしまうたちだった。容赦ない灼熱した太陽はやわな忍耐《にんたい》をひしぎ、落日にもなれば繊弱《せんじゃく》な心身は疲れ切っていた。

一日曇りなら曇りで、ふさぎがちな心は一向に触れようとしなかった。

私の人生の記憶は日に漂白されて思い出すことすら難《かた》く、暗澹とした人生というのも最早暮れて行くだけの物になってしまった。

定められた運命に身を任せ、甘んじて来たわけではないにしろ、これほどまでに身も心も疲弊してしまっていた。

よりにより人生の過渡期というのに夕闇が迫るのを見計らい、いそいそと家を抜け出して職場へと向かう、そんな毎日のやり繰りは苦痛にも思える。

家を出て階段を下りた踊り場で偶然出くわせた大家と目が合うも、取る会話もなく私は一揖《いちゆう》すると顔を伏してやり過ごした。

マッチ箱で作ったかにこぢんまりとして寄り添う町を抜け、電車に乗った。

上り列車の中には通勤時に見られる、一度《ひとたび》家を出たらどうやって帰りの途に就けるかといった表情の硬《こわ》ばったサラリーマンの姿がまだ目についた。

日も傾いでから通勤のため乗る電車はやはり世間ずれしていることに気がつき、尻が落ち着かなくなり人目が気になった。

中吊りに視線を合わせてはいるも、上の空で何も頭に入ってこなかった。

許す限り引き続こうとする憶念を払って熱を持った頭を空にすると車中の雑念の下、震えるまぶたをぎこちなく閉じた。

空しい体をひきずり暗い心持ちで今日もこの持ち場へついていた。

ただ過ぎてゆく時間の中で直立して静視しようとする。

折しも向こうからやって来た同僚の二人がわざと愛想笑いをたたえて、荷さばき場の車寄せの隅にある受付へ近寄って行くところだった。通路の中寄りに立つ私の斜め前方の、プラスチックに四方を囲繞《いにょう》された入庫管理をしている女性へ冷やかし気味に声をかけた。

導線のさまたげにならぬよう私の立哨する場所から荷さばき場の様子が一望できた。いつも不揃いでちぐはぐな切り髪のきまぐれに首筋にかかるほつれが見えて、私はばつが悪くなり目を逸らした。

角刈りのむっくりした方の警備士が「本当にお疲れ様。いつ頃だっけ」と冗談めかして言うのが聞こえ、少時なごやかな打ち解けた会話が耳に届いた。

郵便はがき

料金受取人払郵便

新宿局承認

3971

差出有効期間
2022年7月
31日まで
(切手不要)

1 6 0-8 7 9 1

141

東京都新宿区新宿1－10－1

(株)文芸社

愛読者カード係 行

お名前《ふりがな》			明治 大正 昭和 平成 年生 歳	
ご住所《ふりがな》	□□□-□□□□			性別 男・女
お電話番号	(書籍ご注文の際に必要です)	ご職業		
E-mail				
ご購読雑誌(複数可)		ご購読新聞 新聞		

最近読んでおもしろかった本や今後、とりあげてほしいテーマをお教えください。

ご自分の研究成果や経験、お考え等を出版してみたいというお気持ちはありますか。

ある　ない　内容・テーマ(　　　)

現在完成した作品をお持ちですか。

ある　ない　ジャンル・原稿量(　　　)

<table>
<tr><td>書　名</td><td colspan="4"></td></tr>
<tr><td rowspan="2">お買上
書　店</td><td rowspan="2">都道
府県</td><td rowspan="2">市区
郡</td><td>書店名</td><td>書店</td></tr>
<tr><td>ご購入日</td><td>年　月　日</td></tr>
</table>

本書をどこでお知りになりましたか?

1.書店店頭　2.知人にすすめられて　3.インターネット(サイト名　　)

4.DMハガキ　5.広告、記事を見て(新聞、雑誌名　　)

上の質問に関連して、ご購入の決め手となったのは?

1.タイトル　2.著者　3.内容　4.カバーデザイン　5.帯

その他ご自由にお書きください。

(　　)

本書についてのご意見、ご感想をお聞かせください。

①内容について

②カバー、タイトル、帯について

弊社Webサイトからもご意見、ご感想をお寄せいただけます。

ご協力ありがとうございました。

※お寄せいただいたご意見、ご感想は新聞広告等で匿名にて使わせていただくことがあります。

※お客様の個人情報は、小社からの連絡のみに使用します。社外に提供することは一切ありません。

警備士二人の言い囃《はや》している方には目もくれないで、私はつき当たりを左へと折れる曲尺型をした通路のベージュの壁についた無数の傷を見るともなしに見ていた。

その内、角から薄茶の作業帽を被った定年はすぎている男性が現れ脚のついたコンテナを引いて荷さばき場までやって来た。

後ろ手に立哨する私の横を話し終えた警備士二人が晴れやかな顔をして通りすぎて行った。

荷さばき場では常に眼鏡の奥の目が忙しなく動いている作業帽の人は、時時顔をしかめて仕入れの商品を余念なく検品し、引いてきたコンテナに積み替えていた。

そうして積み荷と伝票をもう一度検め直して眼鏡を拭くとほっとした表情をした。

「結婚するんだって。いつまで続けるんだい」

そう言って私より年若に見える切り髪の女性の座る受付台の上に帽子と伝票を載せた。

どこかさり気ない気づかうかの態度を余所に、

「俺は今日までだよ。世話になったね」

と言って覗き込むように目を見合わせて相好を崩した。

年端もいかない線の華奢《きゃしゃ》な女性は微笑むとたおやかに頭を下げた。

私は何でもない目の前の光景に動揺し胸が塞がり心が乱れ、立って持ち堪えられそうもなかった。

どうも遣る瀬なく自分が不憫に思え、そこはかとない無情に覆われて体が震えていた。終焉に近い焦りと未練たらしい情けなさから急に息が詰まり、直ぐ先ですら思いやられた。

そのままあごを引いて静観し息を止めて数をかぞえた。

大きく胸で蘇生するかに呼吸して気道を整える。

現実とは違う顕然《けんぜん》たる私自身のものである形而上のぎすぎすした存在の稀薄な殺風景が寂れた現場に広がると少し落ち着いてきた。

人の営みが何となく数奇な物に感じられた。

誰にも知られないはずの人生を伏してきた私はそんな感じ方しかできないでいた。年嵩のある人が帽子をきちんと被り直して顔に活気を呈して笑い、茶化していた。

二人のやり取りはもう目に入っていなかった。

私は二人を透かして見て、その先の傷つき上塗りされた凸凹のあるベージュの壁へとただ目をさらしたままだった。

窮地も去って少しく晏如《あんじょ》とするも束の間、定時の交替が迫ってきているのが気になってきていた。

刹那、私の無線へ副隊長より連絡が入った。

「只今百貨店付警備隊より老婆の一名失跡《しっせき》したとの報告あり。直ちに次の現場へ行って保護の措置を整える。

説明をするから一度防災センターへ戻るように、もう代わりの人間がそちらへ向かった」

と端的に伝えられた。

その後、佐々木が急《せ》き込んで現れ、立ち止まり敬礼すると「交替します」と言った。

私も同じく「異常ございません」と答礼して無線機をベルトから外し手渡した。

急ぎ防災センターに戻ると入り口で無線をもらって副隊長から説明を聞いた。

――上階に着いたらエレベーターを三基とも上げて中を確認の後、所定のやり方で運転停止させる。

猶もエレベーター付近、階段の踊り場、トイレの中は念入りに注意し巡回する。施錠箇所においてはいつもより厳重に確認願う――との内容だった。

私は巡回地域へ入って店員のまだ残っている、明かりがぼんやり灯るフロアを早足で通り抜けると、エレベーター乗り場周辺を無線を取って指図された通りの手順を踏んだ。

老婆の姿はそこにはなかった。

作業を終えると、努めて冷静に戻るよう落ち着いて呼吸をしながらゆっくり点灯し下階へと下りていくエレベーターの階数表示を見守った。

今日、初めての会話らしい会話が迷子の老婆であったら、どんな話をすれば良いのかなかなか思いつかないのに唖然とした。

私は気宇を整えるため殊更に大様と歩き、いつもの出発地点へ向かった。

出発地点に着くと目を注意箇所へ投げながら並足で進んだ。

体が動くようになって徐々に速度を上げると、額に汗がにじみ出し最近馴染み始めた革靴がしなり、すべるかの早足に変わる。

初めの頃は巡回後、足元はふらふらでしっかりせず、汗を吸った制服はしっぽりと濡れて始末に負えなかったが、かかる時間とどう見回れば良いかが粗方分かるようになると体力も、掻く汗もそこそこ抑えることができた。

それでも蒼然とした噎せかえるかに熱いフロアを廻《まわ》るうち汗は吹き出た。

閑散となった辺りはだんだん濃色《こぎいろ》が増して夜な夜な訪れるしじまに入っていた。

老婆の失踪もあり、いつもに増して目を皿にして物音一つ聞き洩らさぬよう集中していくうち周りの闇に溶け合っていった。

ここではくすんだ白い壁に光を受けて姿を晒すだけの存在だ。

前に居た場所は真っ昼間でも底なしに暗かった。

細心に警戒し各商舗を廻っていると非常灯が避難通路を照らす薄明かりがぼんやり近づいてきた。

陰影がはっきりとしてくると通路を隔てた向こうの明かりの中にマネキンが動じることなく立っていた。

息を整え真っ直ぐマネキンを賞して歩いて行った。

前に立ち、向き合っても何ら違和はない。この闇はしんとして私と同等に存在している熱しか受け入れようとしないかだ。

よそよそしい目をした夜の主賓は、私も招来されたことを知っているかのようだ。厳かに振る舞ってはいるが、どんなに滑稽に映るかを同じ足のポーズをして教えてやろうとした。

盲で手さぐり、君の死は世界の死。

マネキンを真似たわけじゃなかった。

ちょうど私がマネキンだったのだ。

ふり返るとフロアを廻る順番に辿って来た自分の踪跡が迷路に見えた。

床に目を落とすと会話を取ろうとした相手を見ずに売り場の中へと戻って行った。

私は音も立てずに息を殺したまま急いでラビリントを抜けたかった。

目前に色濃い闇の洞穴《どうけつ》に見えるバックヤードへの入り口が窺えた。

何か答えがありそうで、ないのだ。

ふと気がついたとでも言うかに首《こうべ》を回《めぐ》らすと、嫌に冷然と観望している静けさを眺め上げるかに見た。

さっきまで店員が売れ筋の商品を陳列していた通路が逆から見えた。

私は行き先を埋めるかの洞穴の中へと思いを断ち切るかに頭を低めて入り、その中を駆けた。

一人分の幅しかない暗闇の中を息もつかずに走り抜ける。

頭上に開け放してある換気用の窓から見えたネオンの光でしらむ夜空の方が明るかった。バックヤードでも目が慣れてくればまったく見えないことはなく、かすかにではあるが通りの様子も伝わってくる。

行く手が尽きると一旦そこを出て今度は上階にある飲食店街のバックヤードへと上がった。進むうち所々で足元から上がる「ギイッ」という甲走《かんばし》るかの鳴き声は、床に貼った粘着テープの罠にかかったねずみのものだ。

気配を感じ私の目の前を、目を光らせて横切っていく奴も居る。

私はただ感覚を頼りに受ける情報を把捉《はそく》してまとめる。

うんざりもしてくるが、ここは外界との境い目であり、この業務が片づけば満足なものとは言えないにしろ褥《しとね》で一時仮寝することができる。危険箇所を確認しながら店内を頭へと浮かべて巡回するうち、一番味の良さそうな店の手前で思わず私は速度を落とし歩測を数えた。

店奥へと足を踏み入れてビアサーバーをひねりゆっくりグラスへ泡を立てて注いだ。火照る体へと震えでもするかにジョッキのビールを流し込み、二度呷って飲み干した。

声を出して笑おうとすると今日一度も笑っていないことを知り、目は宙をさまよった。ばかばかしい私の日常が上げた声は悲鳴に近かった。

私は深く息をついてその場に座り込んだ。

待機室に戻ると制服の上を脱いで汗を乾かし、他の同僚達の戻って来るのを待っていた。

制服を取り除いてしまえば携帯と袖珍本しか入っていないスポーツバッグの中身を取り出し、

身近に置いた。

その内、ちらほらと待機室の中に入って来た同僚達と目礼を交わす。

袖珍本を手に取り頁《ページ》を開く。意味も言葉も分からない世界の成り立ちが何故だか急に手に取るばかりに見えかけた気がして、私はあごを引き、身構えでもするかにあわてていた。不思議な感覚に落ち着こうにも落ち着くことができず、本を伏せて顔を洗いに行った。

その後、時間通りに待機室で仮眠を取る前の業務交替の報告を済ますために堵列《とれつ》した警備隊の中に加わった。

引き継ぎが済み、荷物を持つと室を出て、てんでに行きたい方へ歩み出そうとした同僚達に向かい、

「早く寝床へ行け――。俺が掴まえたら○○だからな――」

と角刈りのむっくりとした体つきの隊員が意味不明な擬態語を言って手を広げ、後れている者をつついて追い始めた。

私も逃げ惑う皆に倣い肩から掛けたバッグを脇に抱え直し、急ぎ足で仮眠室へと向かった。

角刈り隊員は後方《しりえ》から追い立て、二段ずつの寝台が並ぶ部屋に全員を入れると後ろ手にしっかりとドアを閉めて、

「早く用意しろよ。俺が済んだら消すぞ――」

と言って怒鳴り、見る間に制服を脱いで肌着姿になった。

そのまま巍然《ぎぜん》たる風格でもって端から見回り出し、あちこちで失笑が洩れ聞こえ、私もあやうく笑いこける所であったが「笑うんじゃねえ――」とまた一喝されて皆黙らされた。

ベッドに上がり、かくしに入っている所持品は枕の横に並べ、まとめているうちに「消すぞっ――」の一声で明かりは私が制服を脱ぐ前に消された。

下段の寝台で休む者とそれに隣り合った者が、しばらく小声でひそひそ笑い合っていたが直ぐに寝息に変わった。

堅い寝台に寝そべり目を閉じようがなかなか眠気はやってこようとせず、私はそれから二度も寝返りを打った。

仮眠室に一つのみ備えられた机で誰か手帳を見ている気配があり、卓上ライトのぼんやりとした明るさが寝苦しさを増させた。

起床して制服の装備品をつけている最中、もう支度が済み三人で立ち話をしていたうちの一人が私に寄り、「巡回中、トイレの清掃用具入れと資材倉庫の鍵の施錠を確認したか」と聞いた。

私が「しました」と答えると、話し込んでいた同僚の一人に何か言って早足で仮眠室を出て行った。

次の巡回地点へ向かう途中、防災センターに無線を取りに寄った際、副隊長から呼ばれた。伝えられたことはもう一度トイレの清掃用具入れと資材倉庫の鍵がかかっているか確認して、人の気配がしないかよく探ってみてくれということだった。

老婆はそれ以降も見つからなかった。

私は次の上番の時もフロアの様子をよく見て、閉鎖しようとする前には居残っていた人達を何とはなしに眺めてはいたがわけのありそうな顔には出会えなかった。

それから幾日かが過ぎていき、私はいつもの持ち場を同じように巡回していた。またしもやにわに私の無線を本部が呼び出した。

「本部よりNO・4」

「NO・4です。本部どうぞ」

「只今、警備室より連絡あり。一階鉄扉前のエスカレーター乗り場付近で発報。侵入者は多分、よっぱらい。警備室より三名が急行しているとの連絡有り。現場にて付近を確認、施錠後状況を報告願います」

「NO・4了解しました」

非常ドアからの何者かの閉鎖区域への侵入のせいで、一階のエスカレーター乗り場の鉄扉が発報したらしい。

私は侵入者がよっぱらいで路上生活者であるという目ぼしをつけた。

侵入者で起きた発報を処置したことはまだなかったが、しっかりと仕事のけじめはつけてこようというくらいの気持ちはあった。

何もこういった仕事は初めてではなく、前にもやったことはあった。

警備室は百貨店直属のもので、三名が向かったと連絡があったが現場に着いているとは限らない。

「早く行かなければ」

私は頭の整理をつけて現場へと急いだ。

停止しているエスカレーターを下っていくと二人の警備士の背中が見えた。

眼下の光景に背を屈め覗き込みながら確認すれば、うつ伏せに寝る、やはり路上生活者のよっぱらいとそれを巨漢と小柄の警備士が見下ろしている様子が確と見て取れた。

「聞こえますか。ここは店の入り口なんで、もう少し向こうへずれて寝ていただけますか」

巨漢の警備士が嵩にかかった口調でそう声をかけているのが聞き取れた。

私はエスカレーターを下りきって侵入者を見ながら近づいていった。

呼びかけて起きようとしない侵入者を自らの体軀の大きさで覆うかに目隠しして、横つらをいきなり張り、脇に手を入れ抱え起こそうとした。

状況を鑑みるに侵入者は酩酊《めいてい》して動けなくなってしまったのかもしれない。それと対面に居る小柄の警備士がもう片脇に手を入れて立たせようとしていた。

私は無線を強く握り近づこうとした。侵入者はふらふらして体を足で支えられず、重みで顔をしかめた大柄の方が小柄の方にあごをしゃくって合図すると一気に防火扉へと侵入者の頭を打ちつけた。

その後ゆっくり一回、二回体が波打つように頭から叩きつけた。

背後から見た百キロ以上目方がありそうな顔を赤黒く怒張させた警備士の頭はがら空きだった。

私の顔はひきつり、侵入者が叩きつけられようとする三回目で閾値《いきち》は赤ら顔の警備士の情念を越えそうだった。

小柄の警備士が脇から手を引き抜くと侵入者は力なくぐったりとして床に頽《くずお》れた。その無表情が不安をあおった。

近くへ寄ろうとする私を余所に二人は目配せを交わし、今度は横たわった侵入者の頭と足を持ってひきずっていき敷地の外へほうった。

もうそこはターミナルの改札口だった。

巨漢は相棒へ時間を確認すると、ただ立ち尽くしているそこに居ないかの私は無視して報告書をどう書くかについて通謀しながら去った。

自分と隔たった世界である雑踏の中の哀歓が哄笑、怒号に交じり聞こえてきた。

目をくれようともしない人間の目が私に集まっている気がした。

今度、社会といざこざを起こせばもう私は立っていられない、何も起きないで欲しいのだ。

事象だけではなく心を波立たせるものを遠ざけたかった。

私は、しばらく萎えた体を横様に折り曲げその場に動かぬ人を見ていた。

何か責付かれでもするかに蒼惶《そうこう》として声をかけ覗き込んでいると、しどけない姿で横たわっている人が小揺ぎしたのが分かった。

ふと、気づけば私の無線が呼んでいた。

直ぐ様発報現場へ戻り、閉鎖区域の施錠を行うと急ぎ応答した。

「NO・4です。本部どうぞ」

「NO・4状況報告できますか」

「只今、一階エスカレーター乗り場にて侵入者退出していただき鉄扉施錠いたしました」

「本部了解、勤務続行願います」

先程の発報の騒ぎで、持ち場で喫緊となるフロア閉鎖の時間が迫っており、私はいつもの廻《まわ》る順番を手回しして、それにより巡回経路はばらばらになってしまった。

忽忙《そうぼう》としていても面倒を厭わず、慎重に慎重を重ね、この仕事に就いて以来初めて闇から頭の片隅《かたすみ》へと忍び入るかの不穏も寄せつけないでいた。

ただ、生を発しているのが私だけであるかの白けたラビリントは、いつもとは違う景観に包まれ、見知らぬ人を迎え入れている風だった。

無為を見抜かれているかの冷ややかな目には構わず、独善的に専横に振る舞い回転を上げ、仕事へ没入していこうとした。

矛盾に取り巻かれた火照る体熱を静めるのではなく、尽きせぬ思いへの消熱を促すかに燃え盛りながら集中を注いでいく。

「よお――」

はっとしてマネキンを見たその横に置かれた椅子に、班の中では一番上背のある、印象の稀薄な警備士が不自然に体を前に折り畳んで腰かけていた。

私は嘆息に近い息の継ぎ方をすると無線を持った右手の力を抜いた。

「驚かそうとしたわけじゃないよ。俺は休憩中なんだ」

口下手とばかり思っていた警備士は思いの外、他人である私に頓着しないものの言い方をした。

「はぁ、そこが休憩所なんですね」

あまりに出し抜けで会話に戸惑っていた私は殊更鷹揚として言った。

「俺は今からお前の入るバックヤードとは反対の出入り口から出てくる。ここが折り返しなんだ。それ、ライトか？　無線だよな？　手に持って巡回すんのか。ぷっふっふっふ」

自分の右手にある無線に同僚の視線を感じつつも何故笑われたのかが分からず、視線は逸らさなかった。

下ろした右手がズボンの後ろにあるかくしに納めた袖珍本に触れているのを感じた。

――この作家は奇《おか》しい、世界がつながったと思うと間遠になっていく。――

どうでもいい味気のない日常が続くと思うと、急に自分の居る世界は白いラビリントへ入り込んでいる。

同僚はしけこんだ闇の中から倦んだかに私を見つめて沈黙を保っていた。

背中のシャツが濡れてはりついているのに気がついた。

造次、私は自分を失くしかけ散漫になろうとする思考をあわてて集中させた。

膨張した空間がゆがみ、直立している私に同僚の問いが届いた気がした。

「ここが好きか」

私はゆっくり首を振ったつもりでいた。

「じゃあ、またな」

そう言うと「はあぁぁっと」と悶えるかの掛け声を潮にマネキンの横にある椅子から立ち上がり、私に背を向けて歩いて行った。

私は足を止めたことで心気が静まり、汗が冷えて腹を流れ落ちて行くのを感じると急なだるさにも襲われた。

ゆっくりと執心してフロアの残りの巡回経路を廻《まわ》った。

力ない肩で息をすると見捨てられ、軽んじられ、たじろぐしかなかったこれまでの生き方を克明に頭へと描きとろうとした。

大げさな静寂を作り自分の挙動を見下ろしている温気《うんき》の充満している朦朧とした売り場を振

り返り睥睨《へいげい》した。

目にわずかな光を宿した私は息を飲み、洞穴《どうけつ》を思わせるバックヤードへと頭から入っていった。

息遣いを手がかりにして位置・距離・時間といった物理を上手く伝えないバックヤードの闇を駆け抜けようとした。

途中、熟れた黄色な月が手を伸ばせば届きそうな所へ懸かっているのが換気口の窓から覗《のぞ》けた。

巡回が終わり報告が済むと私は仮眠室前の狭い通路をとぼとぼと自販機の前まで来てコーヒーを買った。

最近では仮眠室といえど、そこそこ休めるようになった。

少し前まで自分の嗜好から程遠かったものを待ち切れずに啜り呷った。

甘味と苦味の合わさった深みが、はり詰めた心と疲れた体を和らげるようだった。皮肉にも仕事へと出てくる反復が私の迷妄を一時解放していた。

壁に寄ると項垂れてしばし頭を上げないでいた。

一人きりになれるその時時だけが圧迫から解かれて満ち足りた気でいられた。

仮眠から起きると私は待機室で他二名の同僚と防災センターよりの指示を待っていた。応接テーブルに制帽を置くとソファに浅く座った。

読みさしの小説を開いたが、もう機会は失したかに相互の通い路は閉じてしまっていた。気色の失せかけている心象のみが荒野に置き去りにされ延延と広がっていた。

私は腿の上に両腕を載せたまま項垂れて途方に暮れていた。

先日、耳を折っていた場所まで戻り再度読み返すも、もう世界は断絶していた。

落胆し気を阻喪とすれば今日も仕事中度々あった羞悪《しゅうお》の念が辛辣な侮言を吐こうと舌をちらつかせているのが感じ取れた。

私はあきらめて先に出て行った警備士の、外は雨が降っているらしいとの言葉を思い返し、静けさに耳を澄ませてから巡回に向かうため腰を上げた。

長かった夜はもう終わりに近い。

フロア巡回の残りは屋上へ続く階段へと入る経路の手軽な点検を残すのみだった。

人の行き来のほとんどない屋上への連絡通路付近の施錠確認は、造作なかった。

この日だけはここを要所とばかりに勤務以来、初めて看過なく見回った手ごたえがあった。

階段を上がれば視界が開ける。

私は勢いをつけて感覚器官を弱める小暗い真っ白な屋上にしか通じない階段を、角を折れる度に一、二、三、四と数えて螺旋に駆け上っていった。

目を回すかと思いながら駆け上がっていく途中、これが限りなく続いたらと不安にかられた。

屋上に上がると降っていたらしい秋雨の上がった空が明るみ始めていた。

頭上に天が開けて来て清気にあふれた昧爽《まいそう》の空気を肺一杯に送った。

見通しがいい辺りの様子をゆっくりと眺めながら歩く。

往事の家族で並び、食事をとった鮮やかな色合いの上屋が目線にあり、少しく胸苦しさを感じながらも力のない足取りで疲れた体をひきずっていった。

倒れるのが先か潰えるのが先かといった体で辿り着くと、ベンチの露をきれいに払い、その上に寝転がり手を額に乗せたまま何もできずにいた。

時間の質量が私の頭を圧迫し体に伸しかかった。

ひんやりとした肌寒い空気の中、額から伝わる生暖かい微熱のみが私の表しえる感情の全てのようだった。

制服から伝わってくる冷たさが、空ろになる神経をいびつに際立たせていた。

ただ暗然とした自戒の念が顔にほころびを生じさせた。

私は自分の居る世界とは別と思える物をひどく欲しがっていた。

長い夏が暮れる。

まぶしい季節が去来していき自分の身に折り重なっていく。

夏の嫌いだった私に安っぽい感傷が訪れていた。

昔飲んだソーダー水の藍色みたいな稀薄な感性の成り立ちだった。

次に寂寥感に襲われて胡乱《うろん》な身の様が露にされていった。

認知が少しずれていた。

私は一旦防災センターに戻ると最後の持ち場である地下の開錠のルートを誤らぬように掛け図へ額を寄せて食い入るように見た。

時計に目をやると足首を回しながら、厚みのある鍵束を鍵縄につなぎ、次の現場で落ち合う同僚との連絡のため無線を取り室を出た。ほの暗い地下の開錠先を次から次へと駆けていく最中、ベルトに付いた鍵箱の中で鍵束がガチャガチャと鉄の音を立てた。

夜通し走り抜いた余威を駆い、迅速に一階駐車場前シャッターに到着した私は開錠してシャッターを上げるまでの時間を計った。

外では明治通りを大型車の通過していく雨上がりの朝の光影が目に浮かんだ。

いまだ関係の浅いとは言えない彼女のシャッター横の柱に寄った小さい影が、頭の中へほんの一瞬雷光のように閃き、まぶたを痙攣させていた。

甘ったるい思いが胸に押し寄せ、私はしゃがみ込み頭を抱え込むところだった。

私にとって生きるとはつまり遣り場のない一瞬を不器用に継《つ》ぎ合わせていくことだった。

あと四十分で仕事から解放される。

私服に着替えて今日の思いを遂げよう。

そうして彼女に全部幻だったと伝えよう。

後ろから佐々木が鍵箱をガチャガチャさせながら近づいてくる音がした。

「ご苦労様です。お待たせしました。只今より一階駐車場前シャッター開錠いたします」

「了解しました」

佐々木がシャッターを上げ始めている間、入り口角に立ち公道を監視する。

目の前を走る明治通りの濡れて艶めくかの歩道の上を歩く会社員の靴が光っていた。顔までシャッターが上がりかけた時、彼女が直ぐそこで私を見ているんじゃないかという無駄な期待が湧いた。

視界が開けて、「金を買います」と書かれた看板が大写しになって証券会社・歯科・不動産といったテナントで囲まれたとび色のビルが通りを挟んだ向こうで私の夢想を遮っていた。都会の片隅で社会との関係の薄さをまざまざと思い知らされ、意外にも腑甲斐ない立場の空疎さに驚かされていた。

シャッターの全て上がりきるのを見届けて、佐々木と私は社員の通勤に合わせた立哨を行うためにそれぞれ移って行った。

それから混雑してくると直ぐすし詰めにもなる社員専用昇降機二基の横で、体を斜《はす》に向けて、あごを引き立哨した。

通勤のピーク時、内部の乗客の密度が許容を越えると、最後に駆け乗り無理矢理体を入れ込もうとした婦人が反動ではじかれてこちら向きに押し戻された。

間近で見ていた私は一歩詰め寄ると、

「申し訳ございません。次でお願いします」

環視の手前、恭謙に体を曲げ頭を下げた。

除け者となった人は内部の不興を一手に背負いでもしているかの険悪な表情《かお》つきで、

「次も同じでしょ」

そうぞんざいに言い返し両の腕を開くと、否応ともなしに幅広な腰を認めさせ、押せとばかりに誇示して見せた。

婦人の腰部のどこをどう押せば扉が閉まってくれるのかと汗顔して思案しているうち、目方のかかりすぎを知らせる昇降機のブザーが鳴った。

私は荒い息遣いをしてこういう事態の起きるのは、何も日に一回のみとも限らず珍しいことでもないということを思い直していた。

一悶着つこうとする頃無線が私の生煮えの判断を咎《とが》めるかにいきなり呼び出した。

「NO・4下番報告を行う。直ぐ戻れるか。交替は居るか」

「いえ、粗方納まりはつきました」

私は制帽を脱ぎ、汗をぬぐうと従業員と一緒に混雑の緩和した昇降機に乗った。

待機室に戻り、なごやかな顔をした隊員の一団を見ると私も胸をなで下ろした。

副隊長が業務を引き継ぐために別班の昼の隊長と現れ、自然と堵列《とれつ》していた警備隊の前に立ち隊長に向き合い「下番報告いたします」と儼乎《げんこ》たる声を張り上げた。

昨夜の各持ち場の人員配置を数で報告し点検・連絡事項を時系列で追った後、列の端へ加わると敬礼した。そのまま、

「東進警備隊A班十二名、B班九名以上総員二十一名下番させていただきます」

と言う号礼の下、一列全員が敬礼した。

仕事がひけるとロッカー室で私服に着替え、スポーツバッグにTシャツとワイシャツをしまった。

休憩室にまだ居残ってニュースを見ている同僚に挨拶をすると表へ出た。

頭がふわつき地に足が着いていないかに感じていた。

早暁に終点のターミナルの出口からあふれ出てくる人の中には、ある種緊張と孤独の規律が保たれていた。

奔流を思わせるその流れの中を横切ろうとする途中、体がぶつかりかけて我を忘れたかの顔つきをした男と息がかかるかと思うほどに近寄った。

それぞれ不羈《ふき》な頭の群衆を大きくかわす風に私は柱の陰に忍び込んだ。

私は徒波《あだなみ》のような人の流れを見ていた。

ホームにつながるなだらかな勾配へ差しかかると、アーチ状になったプラットホームが奥の方から差し込むまばゆい光で粉黛《ふんたい》をまぶしたかに白っぽく浮いて見えて私は足がふらついた。

ホームの端まで来ると日が伸びてきた。

俺の他にも人が生きてる。

突端の手すりの前に立つとまるで青の水彩で描いたのと変わらない空が、はみ出した風に一面に広がって折、訝しげに目陰《まかげ》をさした。

空の果てる所をしばらく見ていたが、先頭車両に乗客がぽつぽつ増え始めると空席が気になって私は列車に乗った。

先頭から車内へ乗り込むとジーンズ姿のまだ若い女性が手前座席の角に、斜《はす》向かいに襟元をはだけたしどけない格好の会社員が一人、銀のトランクを持った若い男が運転席の戸に体を寄せ、座席の中程にテパードのついていない、のっぽに見えるスーツを着た男が私の腰を下ろした席の少し横に居て、その前にカーキのスウィングトップの中年男が何か手帳に字を書いていた。

私は疲れを味わいながらじっとして動かずに目を閉じていた。

静閑とした関わりのない車内で発車を知らすベルを聞いた。

電車が速度を上げていくと落ち着いてなかなか上がろうとしない重いまぶたを開けた。

車内は車窓に比べ色彩が乏しく全体が沈んだように薄黒かった。

私はただ何もせずに中吊り広告に目を置いていた。

天井から下がる気が上擦り目の焦点の合おうとしない少女のスチールを何の気もなしに眺めていた。

セピア色に加工されていて何の広告か分からなかった。

少女の瞳に映る別所の風景が私の眼前に浮かび、次第に周りがはっきりしだすとせかせかと胸騒ぎがして尻の据わりが悪くなってきた。

力の失せていく火照り出す体を縮こめるようにした。

私は焦れるかにもう一方の間近な現実を見て空を仰ぐと絶望した。

盧生《ろせい》の夢

朝明けの仙台駅に六時、私は駅頭で顔を上向け空模様についてを思案していた。

長い都会の暮らしのうちでも、移ろいやすい北国の空の下でこの癖は変わらず生きていた。

もう四月で身を竦《すく》めるほどの寒さではないにしろ上着は真冬と変わらず、風を胸元へと入れないため襟を立てた。

まだ日の出たばかりの薄ら暗い空ではあるが、それほど荒れる心配はないであろう見込みがついた。

私は直ぐ傍らの、雪国に多く見られる地下通路道へと続く階段に、旅の疲れを振り払おうとでもするかに歩いていった。

日曜の朝で人気を感じぬ通路を改札に向かい歩いていく際、壁に嵌った額縁の中の広告をよく感慨も湧かぬまま目に留まる度にいちいち足を止め、眺めた。

駅中で少し休憩しようと喫茶を探したが発車時刻のぎりぎりに迫っていることを知り、私は久し振りの帰着を夢ではないか狐疑《こぎ》しながら東北本線のプラットホームに既に来ていた始発列車に飛び乗った。

車体は東芝製、元は山手線の中古であったとか何かで目にしたことがある。四人掛けで暖房設備が足元にあるとか、入り口スライドドアの開閉、トイレ付きなどの仕様は確か北国向けに改良されたらしかった。

車内には窓を背にした私の席と向かい合って付けられた二人掛けに、スーツを着てコートを持っていないサラリーマンが座り、目を閉じてはいるも眠っていず何か瞑想する風であった。

私の座る席の一つ向こうの四人掛けにもう眠りに入っている若者が窺え、背もたれに浅く寄りかかり窓に頭を預け、力なく口を開けていた。

車両の前に居る夫婦の話し声は聞き慣れた地の者の言葉で、婦人の実にくだけた「あははは」という笑い声が家族の慎ましさも感じさせた。

三つほど駅を通りすぎて都市を離れていくと旭光《きょっこう》が差し始め、空が少し明るんで列車は高地へと入っていった。

進むにつれ遠ざかる百万都市が模型のように見渡せた。

列車が山肌の間を縫って猶も走り進むと徐《おもむろ》に靄《もや》がかかってきたようだった。

晴れたり濃くなったりする靄の中を進んでいくうち、山間に佇むかの小さな集落が度々目の先に覗《のぞ》けた。

家の前ではもう庭仕事をしたり洗濯物を干したりなど外に出て朝飯前の仕事にかかっている

人がおり、野焼きをしている作業着姿の浅黒い主人の顔がはっきりと見えた。

列車は山を越え幾つかの川を縦断して、薄い靄の中で旭光に映えている田を見下ろしながら走った。

私はその美観から目が離せなくなっていた。

それから幾度か四、五人ずつ男の人達がそれぞれ止めてある車から降り、話もせずに畦《あぜ》から凝《じ》っと田を見つめる作付けの光景が、其処此処《そこここ》にあってそれを関心を持って眺めた。

均整に刈り取られた茎の太い稲が目に気持ち良かった。

列車は再び山間へと分け入っていった。靄は目に見えて濃さを増し、辺りはうっすらと霞に鎖《とざ》されていった。

停車した山里の駅で、列車に向かい三脚の上に乗ったカメラを構えた顔を曇らせている中年の男が居た。

そう言えば日曜とはいえ、所々で、もう三人も列車を写真に収めようとプラットホームに立つ人達を見てきた。

昔、東北本線というのは貨物を引くのと変わらぬ臙脂色《えんじいろ》の先頭車両がプシューンと唸って連結部分がガシーン、ガシン、ガシーン、ガッタンと軋む喧《やかま》しくしか止まれない代物だった。

うら淋しい憶念と供にある、その車両が廃止になって列車の動力源はディーゼルエンジンではなくパンタグラフからの電気で駆動していたという後日談も耳にした。

私は機械に暗く余計な口を挟めないものの、これはこれでいまだファンは居ると思う。しばらく熟考して車両の中吊りを見て気づいたのだが、この列車はどうやら行楽シーズン時に出回る春の臨時列車という物らしかった。

東北の諸処の路線でこういった催しは行われているらしく、「春の臨時列車〇〇〇〇」とカタカナで四文字の、馴染みの薄い可憐な花の名称がそれぞれつけられていた。

私は、吹雪でも走った先頭車両に雪かきのついた二昔前のラッセル車両が懐かしかった。

するとわずかの間に辺りに異変が漂い始めた。

そこらじゅうから湧き出てきた霞がみるみるうちに車両を囲繞《いにょう》するかに取り巻いていった。

どういう事態か、五メートル先の視界もない。

四方の視界を遮られるに目を疑う状況に列車は速度を落とし警笛を鳴らしながら進むより他なかった。

車両入り口の手すりに寄りかかっていた人間も、直ぐそこすら見えない尋常とは言えない状況に体を一転させながら周りを見回していたが、過客と変わらぬ私の目と見交わすと見えない窓へと視線を戻した。

列車は幾度か停止し再び警笛を鳴らして走り続けた。

初めて目の当たりにする天変地異に私は事態を把捉《はそく》することができずただせかせかと、前後の窓を交互に見返しては注視するを繰り返した。

しばらく走ると山は見えなくなって霞は次第に薄まり、岩手との県境に古式床しいまるで湯治場の名残りを匂わせている街並みが見え出す頃には完全に消え去り、線路は平地へと移った。

私はやっと気を落ち着かせて、この旅を整理していた。

この列車で旅をするのは私がまだ学生だった頃、進学の面接時に着るコートを買いに行ったのが最後だったような気がする。

それからゆうに二昔以上の時が過ぎている。ふとあきらめと疲れが旅の昂揚を即座に静めていった。

感傷に上手く付き合えないのではない、どうしても余所行きの感は拭えず、もう私を迎え入れてくれる懐かしい風趣はどこにも見当たらないのだ。

よく見る東北の風景ではあるが、ここでは私はもう空々しく映るほど余所者なのだ。

少年時代を駆けた思郷への感慨は、そうやすやすとは得られないらしかった。

私はそれでも幸せだった。

乗車する際に狐疑《こぎ》したのは、郷里を離れてから自分の内に過ぎた年月を閲《けみ》するものが欠けていたせいではないか。

卒然として女性車掌のアナウンスが入った。

終点の一ノ関まであとわずかで着くらしかった。

この列車は乗り換えをしなければならなかったのを思い出した。

岩手までの道のりは遠い。

「ついに来たな」

私はもの思いをそこそこにするとバッグを膝元に引き寄せてから降車しようとして再び景観を眺めた。

はっとして気を持ち直した。

私の感覚が何か告げているらしかった。

鉄道の周りの市井《しせい》の在り方が今までと違う。

「ここには中尊寺があったな」

列車はホームに流れ込み、一ノ関駅の構内が具《つぶさ》に眼前へと入り込んでいた。

鄙《ひな》びた古い駅舎だが雅致《がち》とも言える重厚さがあり、私の長旅をねぎらってくれた。

私は列車を降りて乗り換えのホームに急いだ。

待っていた列車に乗ろうとして私の時間が一時止まった。

「西行法師・マルコポーロ・芭蕉の憧れた黄金の国　岩手」

そんなキャッチコピーが列車の腹に書かれていた。

芭蕉以外の逸話は聞いたことのない私の頭の中には、まるでシルクロードの如き幻影が浮かび上がった。

残りの帰路を急《せ》くように今来たその列車に乗った。

思いも寄らないことだったが窓から見る線路と国道、川の出来方からの治水、家の造りや建ち方は以前と変わらず、人生を漕ぎ出す前の昔のままの友人と自分が居た。そこに時代の違いこそあれど東京の俗塵の中で生きた父と私も居た。

この土地の社会というのは家族だった。私は今までに起きたことを反芻して、慣れない土地であるかのように育った町の隣町で下車した。

改札を抜けるのが最後だった私は精算しようとして仙台からの切符を出した。

「仙台から来られました。じゃあ残り二百八十円いただきます」

五十がらみの改札員は、手擦れて黒ずんだ楽器にも見えるそろばんを棚の下にしまい込むと仕事顔でそう言った。

「ちょうどあると思います」

私は坊主をちょっと掻いて、財布から二百八十円取り出し手渡した。

嘘のように明るい駅頭に出ると、叔母の家の番号を調べるためにバッグに携帯を探った。

天秤《てんびん》

昔から苦手な物と言いますと地震・かみなり・火事・親父だのとよく申しました。粗方最後の親父の猛りを静めるかに三つの災難を前に連ねて子供の囃《はや》したことわざ、七五調の言葉遊びでございます。

当今は承知の通り折りからの利己的な人の思い込みも災いになってしまってか地殻変動、気候変動らがまるで正夢でもあるかに引き続き起こり、マスコミにより報じられた場面がまぶたに映じ移り変わるのをただ端倪しているような……。

人心もこれでは降りかかる災難から身を守るなど容易なものではないと踏んでいる方もおられるのではないかと存じます。

悪い所を見ないで苦手ばかり見ている、時代がそういう巡り合わせになっているのかもしれませんけども、起こってはいるが目処をどうつけるかの見当もつかない、何の備えも足りないようだとたまったもんではございませんね。他にも人の苦手な物と言いますと不況・幽霊・病院なんてよく聞きますね。

前のことわざの語句を変えての言葉遊びみたいなのもあるんですが、しゃれでもないし何とも言えないみたいな、なんかちょっと奇《おか》しいなってな具合の……。

さては壮年期に国の過渡期と重なり、時代はガラッと変わってきまして、おまけに積み重なってきた年の緩みか、よくないものが見え始め、調子も少しズレてきたんじゃ当の私でさえ少し頼りない気はいたします。

その代わり元は居るはずの親父ですら、もうこの世に居ない。

侘しい一人のやもめ暮らしで病院みたいなよく観念も持たない所の仕事を生業にしているという、まことに人生も奇な物、先の読めない物と近頃ではよく思います。

私が仕事に行きますのはご老輩達を迎えに行ってリハビリをやってもらい一緒に歌い踊って楽しくすごしてもらおうっていう病院にある老人施設でして、そこの職員です。

そこでも苦手ってえ言いますのはまぁ、ざっと喜寿は超えている皆様を見て申し上げるのも何かとは思いますが……。

実にさまざまな人が集まっていますから……。

と言いますのもその、千差万別おありのようでして。

ただ年の功なのか、それとも慣れなのか、それほど病院の苦手な人っていうのはお見かけしない風でして……。

逆に配属されている職員の方が病人になっちゃうと余計にがっかりして人を寄せつけないく

らいにふさぎ込んでしまうという。

私の仕事はご老輩方の一日の手配を整え、朝の出迎え、夕の送りまで順序だったやるべきことをしてもらい、あとの空いている余暇に好きなことをやっていただく、いろいろ複雑な社会の成り立ちを思い出してもらうっていう、言ってみれば社会のリハビリみたいなもんなんですが……。

前に記した通り、向こう様はあらゆる志業で折り紙のついている実にさまざまな方の集まりなんで、

「――様、リハビリの時間がやってまいりましたのでご一緒に機能訓練室まで」

なんて乙に気取って秘書のようなことを言ってみても……人間なんで、逆にお兄さん、もう三時ですよ。なんて教えてもらって、

「ああ、そうですね」

と言って急ぎ手帳を見て予定を確認したりしているわけで、言い逃れに近い老人だからあまり急《せ》かすのも時間で縛ってもいけないという言い訳も成り立ちましょうが……。

見守る立場は変わりませんので、こちらがまったく抜けてしまっていると主客転倒と言ってもいいくらいで、地域社会復帰へのいい練習材料にしてもらったりしています。

だからいろいろやっても原則としては、なごやかなムードでのんびりとすごしてもらえた方が一番いいみたいです。

まぁ、色んな催しを皆でやってにぎやかで楽しいのはやはり歌かと思います。民謡から演歌やら唱歌に合奏まで個により地やら色やらのさまざまな顔が覗《のぞ》きまして大変面白いんですが……。

やはりここにも苦手がございます。

ただの羞恥とは別のこだわり、これもなかなか十人十色あるようです。

例えば人前でちゃんと着物を着て唄って来られた方なのに唄が始まるとぴたっと黙ってしまう。

何を言おうがしんねりむっつり口を閉ざしてしまい、快快として楽しまずといった様子であり、よく見ると表情も硬い。

一方で歌を教える先生でおられた方なんですが、ほっておけば一人同じ節でのべつに三曲も四曲も歌って、調子といったら勝手に軌道を逸して発展していってしまう。

それがエッーという感じで耳元でずっと小声で伴唱しなければ曲調とはてんでにばらばらにズレている放縦極まりない歌でして……。それでもやっぱりちゃんと歌った方が本人も周りの人も気持ちがいいというのは分かるらしくて、私の勤務している歌のある日なんかは少し前に呼ばれて、

「介護さん。今日もしっかり歌いますぅ。よろしくお願いいたしますね」

「はぁ」

なんて調子で仕込まれてはいますが、当人供といたしましては嵐の前の静けさと言って変わらないと思います。

そんなとある日の正午のこと、今日も毎週水曜定例の歌のある日でございます。

八百屋を生業として人前で唄を唄ってきたまっさんの隣に立ち、肩へ軽く手を置いて身の上話を伺っていました。

私は隣に居てまっさんを誘って、居並んだお歴歴の皆様と斉唱する機会を得ようとしていたわけでありまして……。

ところが自分はおろか人の歌などにはまるで関心はない素振りで前を向いて小揺るぎもせずに歌っている方を見もしなければ微吟もしない。

いや、本当は目だけ動かして見ているのかもしれない、だったら歌も頭には入っているのかもしれませんが。

ぽつぽつと途切れ途切れに話しているうちに少年期の話になりまして、

「お兄さんは田舎どこだったっけ。家族の皆さんは息災に暮らされているかい」

と話を向けられて、

「私は東北の岩手です。父が五年前に他界しまして父母共に居なくなりました。他も年をとりましたけど元気と思います」

歌を聞いていた人から目を逸らすと自分は椅子に腰かけて、まっさんへと目を移しました。

利用者様と話をする時には名で呼ぶ他にお父さん、お母さん、先生、大将などごく身近な砕けた言い方で語りかけるようにしています。

まっさんはにこやかに、

「もう、そろそろ所帯でも持って帰んなきゃ駄目だろ。夏には帰ったのかい」

などと急に所帯なんかを持つ話を真面目にし始めたんで私も素直に、

「まっさん俺、田舎に住めない理由に、あの蛇が駄目なんだよ。学生までは何とか我慢していたんだけど。この前帰った時にちらっと見たら腿の辺りからザァーッと鳥肌が立ってきて前より駄目になっていたね」

斜め向かいのお母さんは、

「何それっ。蛇が嫌いっていう、それだけ」

と言うと呆気に取られた顔つきをしている。

世に恐ろしいものは多々あれど私が実に恐ろしきと思いますのは蛇でございます。

「はっはっはっ、本当にそうなのかい。俺もそれほど見たいとは思わないけど。昔なんて言うと家はみんな茅葺《かやぶ》きでさあ、いつか子供の頃に飯を食ってたらいきなり直ぐ横でだぁーんって音がして見たら蛇が落っこちてきてなぁ。で猫が身構えて応戦しようとしてるとさ、それを親父とお袋でがんばれっがんばれって手を叩いて……」

話が今では少し現実離れしていますが、昔はこういう情景もあったそうなんです。

「本当なの」

隣のお母さんが気持ち悪そうに私らを見返して苦笑している。

黙って途中まで聞いていた私は貧血を起こしたみたいにふらふらとし始めてきて、

「まっさん。ちょっと待って。何かご家族は慣れてるみたいだけど地元じゃよくあることなのかい」

家中に蛇が降ってくるって目が眩みかけましたが何とか堪えて聞き返しました。

「さぁ、他がどうだか知らないけどあったんじゃねえの。家《うち》だけってことはないんじゃや。みんな茅葺きなんだからさっ」

まっさんも在りし日の記憶を頼りにこれだけ言うと目を伏せて黙りこくりました。

当節では茅葺きなんて世界文化遺産ですし、昔とでは観念の違う鉄骨住宅に住んでいる先入観が邪魔しているんでしょう。

家の方でも茅葺きに住んでいたのは先代の頃までと聞いたことがあります。

「茅葺きっていうのは人と一緒に蛇も住んでいたんだってね。家の親父が生前天気のいい日は青大将が出て来て日向ぼっこをしてたって言ってたけど、あれは結構体がでかくなるってことで有名なんだ」

「ちょっと私だって嫌よ」

話の腰を折ろうとしたお母さんは、ふふふと前後に体を揺らして笑い始めました。

「そうだろ。あんまり好きって人は居ないよな。どこもそんなものだったんだよ」

まっさんは表情も変えずにそう言って歌好きの諸氏と一緒に触りの部分を歌っている私を見た。

それから総勢五十名近くが歌につられてくるのを見て、

「活気があっていいねえ。これだけにぎやかだと蛇も喜んで踊り出すんじゃ」

そう言って笑っておりました。

家の方では蛇と言うか青大将なんですが、家の周りに居るものなんかは、ある種の親しみを込めて守り神とも言われます。

日頃から猫にも犬にもほっとかれているような……。

「うちには床下に風窓っていうのがあって空気を循環させる穴があるんだけど穴に嵌ってある鉄の飾りを上手くよけて胴が庭木の幹くらいある長さ一間程の青大将の呼び名の相応しい奴が天気の良い日に悠然と出て来て庭を横断していくのを犬と一緒に見ていたのを覚えているな」

これにまっさんはたまげて、

「それほど大きい奴じゃ、犬も怖がったりしないかい」

怖いというよりは堂々とした壮麗さが備わっていて何か神々しさすら感じていたのを覚えております。

どうやら犬は既知の仲らしく、私は、

「よくこんな大きいもんが床下に居たもんだと目をまるくしてたんだけど。ひょっとすればもう少しで家の柱にでもなりそうな奴なもんで。迷信とはいえ青大将は守り神であって肝を抜かしてしまい口も利けないみたいな。ははは」

「はっはっはっ、成程ね。昔はそういうことだね」

まっさんは頤《おとがい》を解いて眼鏡を外し、そう言うと鞄からケースを取り出した。

事ともしない態度を見て私は後を続けました。

「家の親父は迷信かつぎではないんだけれど。子供の頃親子で寺に参拝に行った坂の途次にやはり同じくらいの大きさの奴に出くわして親父は体が固まった。赤いシャツなんかを着て汗を滲ませた顔に苦悶を浮かべて何か考えているっていうのかな」

布で丁寧にレンズを拭いた眼鏡をかけ直してまた、哄笑すると、

「はははは、シャツの色は関係ないだろ。でも少し意味は分かるな」

と言って旧懐に結びついた表情をしていましたが、それもまあ土地土地による風習でもあり家で結びついているもんで、

「子供の頃はおろちくらいの奴をみんなで追っかけたなんて言ってたんで」

「本当かい。それは」

まっさんが目をまるくして笑い、隣でやりかけのクロスワードから顔を上げたお母さんが気色を損じた顔をしてこちらを見ている。

もう冬にもかかろうかという例年になく長い夏の暮れ、窓にたまった光が燦然《さんぜん》ときらめき、時を止めて見つめていた小春日和の正午でございます。

「亡くなったお父さんの命日はいつ頃なんだい」

眼鏡の下の温和な目で磊落《らいらく》にこちらを見、故人の法要へ水を向けました。

「来年の春だよ。四年が過ぎて今度は祥月《しょうつき》命日だね」

「ああ、そうか。じゃあ、もう安心されていいんのかもな。じゃあ及川さんは十月から向こうは慌ただしいね」

「それがさ、亡くなったから当たり前と言えばそうなんだけど、今まで何の沙汰もなかったのに実は最近親父が夢に出ちゃったんだ」

「えっ」

まっさんは目色を変えてこちらを見返し、私は言葉を継ごうとしましたが何か逡巡《しゅんじゅん》してしまい、「うーん」なぞと言ったまま次の言葉がなかなか出てこなかった。

そうしていましたら「及川さーん何番テーブルまで」なんて声がかかって例の歌の師匠だった人が「ああ、よかった。お兄さん、今日も助けて下さる？」というわけでして、それきりその話は流れてしまった。

人がこの世を去って四年余りが過ぎると面影も薄まってくる。

奇《おか》しな話になりますが、つい最近まで職場で帰りがけに「これだけ片づけてってくれる？」

なんてまだ仕事のやりかけで言われて、「今日はできないよ。これをやってから総務に行かなくちゃならない用向きがあって、その後帰って親父に何か飯でも食わせなくちゃいけないから」てな言い訳を厭わしそうな顔つきでまとめていると、あれっ、そういや親父居なくなっちゃったなという風に悄然《しょうぜん》として表情が掻き曇る。

そういうことが度々ございました。

生前、「あの人は早いよ」「いや俺は逆と思う」なんて内輪からも言われて、どことなく何かあの人の気配がする。あの人が居そうだという風な身近な存在の色濃かったものが薄れてくる。私は確か三回忌のあたりで父はもう私の記憶の中にある人なんだなということを悟ったわけなんですが、生きている私達にも故人との関係で節目みたいなものがあるんですかね……分かりませんが。

そんなことをふと考えてみたりもしました。

居ると思ってた人がもう居なかったという訂正を幾つかやって故人の面影は薄まっていき、生きて庇護を受けているうちは成り立っている関係でしか見れなかったものが、色んな見方ができるようになり、あの世ではどうなんだろうかとか生きている人間の方が故人の人生を惟《おも》んみてお別れとなる。

そう考えていた所、亡くなった父が夢に出たということなんです。

生前にはいい加減な扱いばかりしてきて、世を去ってから今頃までずるずると考え込まれていたんじゃ、やはりおちおち休んでもいられないって、もうそれくらいでいいからってんで、たまらず出て来たんでありましょうか。

話の経緯はまっさんに夢の話を聞いてもらおうとしてからざっと一年が過ぎた、空気の冴えて来た頃のことでございます。

つい先達てのことなんですが仕事がひけて少々お酒をたしなんだその帰り道、父も連れて行ったことのある老舗のラーメン店に寄って十二時近くになってしまった時のことになります。しばらく寄りついたことのなかった街衢《がいく》の路地をふらふら自転車を漕ぎながら進んで行ったんです。

晩年足の悪くなった父がまだあちこちへ足をのばすために自転車を購入しようと一緒に訪れたことのある大店《おおたな》の広い駐車場の前へと差しかかったわけなんです。

私は夜更けにそこで夢か現か父の面影を投じて、翕然《きゅうぜん》と感情が胸に差し込み、時を止めてしまった。

何か世界が暗転して以前と同じ舞台へ溶け込んだ闇から父がひょっこりと戻って来る。まるで亡くなってから今までが全部空夢だったとでもいうような……。

まぁ、いくら大げさに言おうが錯覚に近いんですが……。

その時はまだ、父との往事の記憶は昨日のことでもあるかに身近に触れることができたんですね。

「ちょっと椅子が高くないか。足は着くかい」

「大丈夫だよ。いつも乗ってたやつはこんなもんだから」

なんて言いながら往日の私達はこの場で練習いたしました。

「じゃあ、ちょっと押してみなよ」

そう言われて五、六歩行って、

「あぁ、そっちの方がいいよ。じゃあ今度は跨がってみなよ」

父は次に跨がり駐車場を自転車に乗って二、三度ゆっくり弧を描いて戻り、私の横に来てタイヤをキュッと鳴らして止まりました。

「あぁ、なかなか上手だ。上手いもんだねぇ」

端から過褒《かほう》しようとして眺めていたんですが本当に上手くてびっくりしました。

「これでもお前。乗れば一日これで営業するんだからばかにしたもんじゃないんだよ」

「それじゃ、今度はそれに乗ってうまいもんでも食いに行こうか」

少しやる気を出させてやろうとしたら、

「いやいや、しかしまだそれほど捨てたもんじゃないよ」

なんて男振りのいいことを言ってみたりしてね。

昔はと言えば父は金の襟章の付いた仕立ての背広を着て、昭和の社長室でよく目にした百科辞典の営業を三十年やって教育開発部長までやり、いろいろあって定年退職しておりました。

それが私の勧めで新聞の顧客営業を七十路《ななそじ》前に始めまして昔取った杵柄で、得意の天賦ですが、この人が来ると客は必ず買うといった個人客までついていました。

俗に言う新聞の勧誘ですが洗剤何個で遊園地の招待券もつけますすんでどうかお願いしますすっていう……。

ただ父が手帳を見ながら「何さんはあれだな。周りの家が揃って取っているんで、もうここらで半年にしてもらおうか」なんて言ってるのを黙って聞いていますと息子にはよく分からない徳もあったんでしょうか。

それで本社で表彰とかされていますすんで、なまじ年寄りの冷や水もなかなかばかにはならないのでございます。

辺りの昏昏《こんこん》とした、もう五年前にもなる情景がぼんやりと明るんで幻でもあるかに眼前に浮かぶと、現を抜かしたまま舞台が暗くなるのを見て取り、そうして私は夢中にでもあるかに繰り返し浮かんでいた父の出て来た夢の内容をとつとつと語り始めました。

誰にもしたことのない話を自分に傍白《ぼうはく》しているそんな感じでした。

もう随分歩いたが疲れもしないし喉も渇かない。

猶も道は截然《せつぜん》とならず延延続いていく様相、模様でありまして、一体いかなる経緯でこんな所を当てもなくさまよう羽目になったのか……コンパスのようなものもなく地図もない、右し左ししながら最初のうちは来た道も心に留めて置いたのでありました。ところが見舞われている事態を定かにできぬまま、ぶらぶらと歩きまわるうち、時間は結構過ぎている。

というわけでまるっきり何も分かってはいない。どこか他人事のように歩き続けている。自分がどこから来たのか、それは何となく分かる。

ここが似てるかってえと初めてとは言えないような……。

ちょっと観念的ですけど自分の居た世界の人生の道先が水平展開するかに場面の切り替わってしまっていることでしか他に説明のつけようはございませんで……。

ツルハシとスコップで掘られたかの隧道《すいどう》は土壁で覆われていてほの暗く、その中に大きな岩が挟まっているのが見て取れて荒涼とした感慨に包まれておりました。

明かりもなければ寂として何の音もしない。最初にここへ送られた時は光の差さない迷いの中にある冷血を感じて寒気も覚えていたのです。

ひょっとすれば自分以外の誰かが作ったここを通り、何処《いずこ》へ誘われるのだろう……。

とても不思議に思えていまして。

まぁ、よく辛気臭い顔で、辛気臭いと言いますけど、辛気臭いっていうのが社会に於けるまとまりであって何か目新しいことの一つでもしなきゃ、このような人外境でいつまで続くか知れないこんな洞窟みたいに思える人生もありましょうか。

それもそうと先頃肝を潰すほどの大きな地殻変動が起きたみたいに天地鳴動する揺れがございました。

微動してグーッと地面が下がったと思った時、取る物もとり敢えず、ひゃあーとか何か叫《わめ》いて闇雲に走り出していたわけなんでございますが。

土手に挟まっている石がよく見えない足許へ崩落してくるんじゃないかと気にしながら飛びよけるように、ちょうど折れ曲がっている道の角《かど》に身を隠すとやり過ごそうとしまして、土壁へへばりついた格好で来た道と先とをと見こう見しておりました。

そこでしばらく待っていたんです。

次に起こったら私一人で安全に対処を取るなんてできないだろうと……。

心細い所、何にもない所ですが不思議と気の迷いからパニックは起こらず、凝《じ》っとしているうち禍根が薄れでもしてきたかに目が慣れてきて土壁にへばりついた赤土の黒ずんでいるのも捉えられてきました。

一面暗がりの中に居てよく見分けられなかった来た方を顧みていると、低調で何もないのが続く奇《おか》しな夢はここで一生面《いちせいめん》を開きました。

ちょうど少し手前に技道があるのに目を止めていたんですが、するとそこから男が一人現れて角を曲がって近づいてきた。

注意してよく見ていると男は年かさがあり大きなずた袋をしょっていて私には目もくれずに

前を通りすぎていく。

危ぶんで声をかけようとしたが、すたすたと男は進んで行ってしまった。

後から来た人に先を越され、何となく肩すかしを食らい、自分の鈍さを思い知らされていましたが、そうもゆっくりもしていられないので、やむなく後から出発しようと体に付いた汚れを払おうとしてひょっと見返してみると、気づけば右手にしっかり何か握っている。

所々、錆の浮いて見えるどっしりとした一間程もある鉄製の物、一体どんなもので何に使うのか分かりませんが、自分の顔の辺りから下の闇が裾濃《すそご》のように濃くなっていて足許までがよく見えない。

異質を極める軽くも重くもない何だか得体の知れない物も一緒に引いていくことにした。

そうして男の後をついてそこを発ちました。隅《くま》無く見回そうが見るもののない寂として満ちている空気は静謐を帯びている一方で、迷いをつき破りたいもやもやに包まれている。

何か光が見えそうで見えない。

そう思うと災いを付されるかに、また辺りはもう一段暗く沈んできた。

道も細く剣呑であり、ぼんやりとしか前の見えないあまりいい環境とは言えない中、目が鋭くなり耳も聡くなり私は意気が上がって来た。

少しよろけても土くれに触れそうな狭くて暗い隧道《すいどう》を掛け声をかけるかに弾みをつけて抜けようとする。

外は夜なのか昼なのか、どれだけ行こうが土と岩ばかりのここは、いつか何かで見たことのあるどこかの山にできた自然風穴なのでしょうか。

どうであれ、ここがどういう所かの見聞など私にはあるはずもありませんで、とにかく先へと進むしかない。

快快として目を楽しませるもののない、直ぐ前しか見えない道の真ん中を通っているため小さな横道があったかは詳《つまび》らかにはならないが、曲がった角以外の来た道は自分の感覚では真っ直ぐに伸びていた。

少し行くと何かふわふわと宙に浮き沈みしている物が目に留まりまして、足を止めずに目を凝らしていると闇の中に雑嚢《ざつのう》だけが上下に揺れて背負っている人の姿が現れたと思ったらこちらへと進みを合わせて、はたと止まった。

よく見ると正面は行き止まりで道が丁字に分かれている。

私が決まっているかに曲がり角へ首を入れて左を覗くと男は通りの向こう側の端から少し手前に立って、直角に引いている物を入れろと促す風に見て取れた。

しっかり持ち手を握ると、手を大きく回すように体の向きを左に変えて少し進んで止まるとぴったりと鉄でこしらえてある物は道の端に納まりまして……。

気づくと役割でもあるかに引いていたこれが何であるか、私ははっきりと見留めて考察いたしました。

坑道にしてみれば土くれや岩を砕くための鑿岩機《さくがんき》か、さては道の長さを測る測量器械であるか、バランス的に見ると私にはてんびんに思える。

よく根拠も立っていないその考えが今必要なのか思い返して、私は頭の中から外すことにいたしました。

それでまた、励まし声で拍子を取るように歩き出しました。

「はいさっ、ほいさっ、はいさっ、ほいさっ」

地図は作らず戻ろうともしない、それが私の性分なのか冥冥としてあやふやのままどこまで続くか分からない薄暗い隧道《すいどう》をズルズルと進んで行くのみでありました。

先を見通して人を使おうとするかの無口な併走者も何も言わずに一緒に付いてくる。土壁の黒ずんでいる細くて狭い道幅に戻ると辺りは溶暗としていき、途中で会った連れとまた並んで歩んで行きました。

寂とした道を進んで行くうち、何故こんなに沈んだ所をどこへ行こうというのか、そんな考えが重し岩のように不意に心を押し潰すと私の掛け声も切れ切れになりまして……。

あまりいい環境とは言えませんし、どこか他人事のようであり、上手く事が運ぶかどうかも知れない。

先の知れない所をずるずると巡っている。

普通は間が持ちませんな。

夢であっても疲れてくる。

で、連れはどうなのか、ついさっき出会ったばかりだったが自分と境涯を供にしている奇特な男へ関心を持ち始めたんです。

私は胸中を推し量《はか》ろうとして挙措《きょそ》を目で追い始めました。

よく見ると老齢で、歩き方もひょこひょこしているものの仕事のやり方が私の気風と通有していて表情は変えず、顔立ちにはどことなく似た物が感じられまして……。

ごく淋しい所であり緩徐とした歩みではあるが、二人きり軌を一にして抜けて行こうとする。

事ありげに見えた併走していた人は実は良さそうな人で、最初とは随分印象が違ってくる。

どことなく親父に似ているななんてことを思ってみたりして、ひょっとして親父なんじゃと繰り返し案じると私のペースが遅れて少し下がり、目の前に男の後ろ姿が見えて、それで何となく親近感が湧きました。

頭の後ろ、後頭部の形をよく見ようとして、なぁんだ伴走していたのは親父なのかと夢の中で私は思いました。

そうなると話したい四方山の話が一杯たまっている。

果たして行き先はどこなんだろう。

背負っていた雑嚢《ざつのう》には、かつは親父の身上《しんしょう》が納まっていて、かつは人によって特別なみやげの山々が詰まっている。

私はてんびんを喚起させる金属でできた一間程の長い物を手で引きながら、ほの暗い先の見えない一本道を見て、胸の内に禍根の晴れていくか細い光を感じてくると希望というか、うぬぼれて恍惚とした思いに満たされていました。

頭の中にわだかまる迷いは立ち消えて、誰かの用意した一律平等の温かそうな食膳が並ぶ。そんな考えを頭の中へと浮かべていると、親父は何か思い出した風に立ち止まり、徐《おもむろ》に顔を上げて身上袋の口を広げ、中を覗き見しました。

中から細心につまんで取り出したものを自分の顔の前に持ってくると、白い花弁を五、六枚宙に舞わせながら降らせた。

もう一度袋に手を入れると同じく五、六枚つまんで宙へと降らせた。

そうして花弁が全て落ちきるのを見て取ってから二人でまた歩き出しました。

暗示にでもかかったかに辺りはまたもや暗く打ち沈んできて途端に希望はまた遠く薄れて行った。

ただ二人の間にはもう調和も生まれ始めて来ていまして、足並みを揃えて穴道《あなみち》をくぐり抜けて行きました。

のべつに続く目の眩むかの代わり映えのしない隧道《すいどう》ですが、歩いて行くうち広がったりすぼまったり、少しの違いも分かるようになってきまして、終わりも近いなということも察することができました。

その最中、道先に点のような物が浮かび、直ぐにぼうっとした柔らかな乳白色の明かりが広がり出口が見え出すと、親父の口癖である甘露という文字が私の脳裏に浮かんできて自然と頬が緩んでいました。

隣の足が少し速まり早足になって、少うし高みになっている出口に向かううち、五色の混ざり合っている光があふれてき空気にもさまざまな匂いが混じってくる。

一面ぼうっとしている明るみの中に入ろうとすると、親父がツーっと前に割り込んで来て私の足は緩まり止まった。

煌然《こうぜん》とした光に縁取られたまぶしい洞口の周りは清らかな彼岸の気配を孕んでおり、よく見ようとして幾分か左へ寄った私の立っている道幅と比べ、洞口前の広間は開豁《かいかつ》として広く、直ぐ先で左端の壁が尽きて角が張り出していた。

引いている物を置きまわり込んでみると角から直角に掘削されて壁になっており、真ん中が蔵の開き扉のような作りになっていて足元に閂《かんぬき》がかかっていた。

父はそのまま一瞥《いちべつ》の迅《と》きうちに少し高みにある洞口に向かい、あふれてくる光の中へと上がって行った。

重い扉の引き手を両手でゆっくり押し開いて元に戻ると、今度は持ち手を大きく右に振り、角度を変えて真っ直ぐ進んで間口の際に着くか着かないかで垂直に折り返しそのまま蔵の中に入り、ちょうど蔵の真ん中に納まるようにしまった。

どういうわけか自分はそれを大事な物と知っているらしく、そこへ入れるものとの確信があって納めた風でありました。

蔵を出て扉の表から右側を閉める時、静謐とした薄暗がりを目を細めて見返すと、てんびんを喚起させる物を入れるのには最適だと思われました。

左の扉をゆっくりと重みを感じながらぬかりのない顔で閉めきると、杳として知れぬ通じていた道が閉ざされた気がして、私はしばしその外観を頭へと留めて置いた。

足元に何かあったなと思い返してしゃがみ、閂を掛けると嘆息とともに肩の力が抜けて行きました。

それが済むと夢寐《むび》の中にあるぼうとした感覚が急に戻って来て眠気も感じていたんですが、喪心《そうしん》した表情で衣服の埃を手で払い、振り返ると親父を見まして……。

角が取れて少し猫背になり円くなった見慣れた影像が光の差す洞口の中に際《きわ》やかに浮かんで見えて私はそろそろと近づいていきました。そのうち、目が慣れてきて表情も分かるくらいにまで側に寄ると、辛気顔して立っている人の隣に白い犬が一緒に居て、はっとして息を飲んで立ち止まりました。

柴犬くらいの可愛いらしい犬であり思わず手で触れようとすると、「いやっ」と言葉をしゃべってふざけるかに身をよじり逃げました。これには私も驚きまして、変な所に居るなと思い始めて薄ら寒くなっていました。

それと言うのも母は戌年で、戒名にある雪の一文字を連想させる真っ白な犬だったもんですから……。

戦《おのの》いている私を尻目に白い犬は関わりを拒むかに何処《いずこ》ともなく消えてしまいました。

ここはどうやら山の頂きに近い場所らしく、玲瓏《れいろう》たる空の下、風は凪いでいましたが、面と向かった父の後ろに五色にたなびく雲霧のからまりあいながら縹渺《ひょうびょう》と重なり流れていくのが見えて、父の小柄に見える体が一入《ひとしお》に小さく見えました。

気をとり直すと私は父の悪い方の足を見て、

「どこも痛む所はないか」

と聞きました。

「あぁ、本当に厄介な勤めだなぁ。苦行と言えるかもな」

父は屈託した顔で答えた。

「本当にその通りだよ。どうかな、これから一杯やっていくか」

労をねぎらうつもりで、そう私が言うと、

「いや、先に予約があるんだ」

なんて少し悪そうな顔つきで言われ、

「じゃあ、そんなに時間をかけなくても……」

私が怪訝そうに言うのを最後まで聞こうとせず、

「いやぁ、それがいろいろと大変なんだよ」

とか塵事を思ってか、ぞんざいに断られて、

「じゃあ、帰ろうか」

って具合に父は話もそこそこにきびすを返した道の先の、綾《あや》なす雲が重なる中へ紛れようとした。

その下の此岸《しがん》の村里で気節の旗を振っているのが見えて、

「いや、俺はこっちだから」

自分の帰る所が分かっているらしい私は、ちぎれちぎれ飛ぶ霧の間からその音曲へ耳を傾けようとして見守っていた。


私はそこで目が覚めてしばらくまぶたを閉じていました。

見た夢の話はかようかようでございます。

まっさんは目を上げて私と見交わして二、三度頷くと、

「また、なんで今そんな話をするんだい」

と当惑しているかに聞き返しました。

「生者必滅、会者定離、年が寄り渡世していく身に覆い被さるようになって昔というのが思い量《はか》られ、かつてはどういうやり方で、流れで行っていたか……いろいろとお聞きしたくなった

わけなんでございます」

著者プロフィール

及川 伸太郎（おいかわ しんたろう）

昭和48年生まれ。
岩手県胆沢郡出身。
平成５年に専修大学附属北海道短期大学を卒業し、現在は会社員。

初めて自身の小説を上梓するにあたりまして、文学についてを引き寄せて考えますと、私のこれまでの望みは“自分の世界を造りたい。出来れば新しいものを”であり、それが始まりでした。
よりいい作品を書き、文学界へと新しい風を起こしたい所存です。

夜のいお

2021年12月15日　初版第１刷発行

著　者　及川 伸太郎
発行者　瓜谷 綱延
発行所　株式会社文芸社
〒160-0022 東京都新宿区新宿1－10－1
電話 03-5369-3060（代表）
03-5369-2299（販売）

印刷所　株式会社平河工業社

ISBN978-4-286-21738-3